LES FAISEURS D'ANGES

DE LA MÊME AUTRICE

BD

CARPET'S BAZAAR
avec François Mutterer et sous le nom de Martine Van
Futuropolis, 1983

ESSAIS

LE VOYAGEUR ÉTRANGLÉ,
l'Inde des Thugs, le colonialisme et l'imaginaire
Albin Michel, 1995

NOUS NE SOMMES PAS DES FLEURS,
deux siècles de combats féministes en Inde
Albin Michel, 2010

Première partie

Jeanne

1

« Entrez ! »

Doucement, lentement, Jeanne ouvre la porte, puis la ferme.

À peine s'est-elle tournée vers lui que le gynécologue assis devant une table étroite lève les bras au ciel :

« Mademoiselle ! Qu'est-ce qu'il vous arrive ? »

Jeanne s'immobilise.

Il s'adresse aux jeunes gens qui l'entourent, en blouse blanche comme lui, mais debout :

« Je n'ai jamais vu ça ! C'est insensé. »

Se retournant vers Jeanne :

« Allez vous rhabiller, s'il vous plaît.

– Me rhabiller ?

– Pas de soutien-gorge. Pas de chaussures. C'est tout. »

Jeanne se sent rougir de honte, de désarroi, d'être nue, d'avoir mal lu la pancarte, d'être là, de sa vie.

« Monsieur, dit-elle, sur la pancarte de la cabine, il est écrit que les patientes sont priées d'enlever tous leurs vêtements.

– Tous leurs vêtements ? C'est une plaisanterie ! »

S'adressant à sa cour :

« Dans mon service, que je sache, on n'exige pas des femmes qu'elles se présentent nues à ma consultation. »

Les jeunes gens, aussi jeunes que Jeanne, ne bronchent pas.

De nouveau dans la cabine, elle relit la pancarte :

Mesdames, vous êtes priées de vider votre vessie et d'enlever tous vos vêtements avant de vous présenter à la consultation.

Elle renfile sa culotte, jure contre le monde entier, se mouche, puisque son nez coule brusquement.

« À la bonne heure ! » s'exclame le professeur.

Elle s'approche.

« Voyons un peu », dit-il.

Sa consultation, ce sont aussi des travaux pratiques pour les futurs médecins qu'il forme, il lit à toute vitesse le nom (Jeanne Blade), l'âge (vingt et un ans), l'état civil (célibataire), la profession (étudiante), l'adresse (29 rue des Vinaigriers, Paris, 10e) inscrits sur la fiche de sa patiente, puis ralentit pour l'interroger sur ses antécédents, vaccins, maladies, opérations, traitements, tout en annotant son dossier.

Enfin, il lève la tête, la regarde :

« De quand datent vos dernières règles ?

– Une quinzaine de jours.

– Pas d'enfant ?

– Non.

– Vous indiquez sur votre fiche que vous souffrez de maux de ventre, pouvez-vous me les décrire ?

– C'est comme si quelqu'un rabotait, tordait de toutes ses forces le bas de...

– Ça vous arrive fréquemment ? interrompt-il.

– Ces derniers temps, oui.

– À quand remonte votre dernier rapport sexuel ?

– Un jour.

– Est-ce douloureux ?

– Oui.

– Depuis quand souffrez-vous ainsi ?

– Quatre ans. C'est par crise.

– Quatre ans ! Et vous n'êtes pas venue plus tôt ! »

Il lève pour la seconde fois les bras au ciel, puis il plante ses yeux dans ceux de Jeanne, doutant de ce qu'elle raconte :

« Vous souffrez depuis quatre ans et vous n'avez rien fait !

– Au début, mon beau-père me soignait.

– Votre beau-père ?

– Il est médecin.

– Il ne vous soigne plus ?

– Nous sommes fâchés.

– Déshabillez-vous, mon petit, et installez-vous sur la table, nous allons voir ça.»

2

Dans la pièce blanche et ensoleillée du pavillon d'obstétrique de la Pitié-Salpêtrière, où se déroule cette scène, règne une surprenante odeur, ni piquante, ni acide, une douce odeur de maison bichonnée. La table d'examen se trouve derrière le professeur et son cercle d'étudiants. À l'abri de leurs regards, Jeanne enlève sa culotte pour la seconde fois, monte sur la table, s'allonge, ferme les yeux en croisant ses mains sous la tête comme on s'offre au soleil. Elle imagine une plage, son sable fin, ses courbes chaudes. Elle ne rejette pas les bras à l'arrière de sa tête avec la nonchalance, la mollesse, l'abandon, l'impudeur de l'*Odalisque à l'esclave*, la courtisane avachie sur son lit. Non ! Elle croise sagement ses mains sous sa tête. Elle le faisait, enfant, quand elle était en vacances, pour imiter les grandes.

« Madame ! »

Jeanne ouvre les yeux, le visage contrarié du professeur est au-dessus du sien.

« Il faut mettre vos bras le long du corps. »

Elle s'exécute.

« Non, pas comme ça. Collés au corps, comme ça », s'énerve-t-il.

Il appuie ses bras contre son corps afin de les y faire disparaître.

« Bien, maintenant, mettez vos pieds dans les étriers s'il vous plaît », dit-il du ton gentil et autoritaire qu'on emploie avec son animal de compagnie.

Au garde-à-vous, à la manière d'un soldat.

Jambes ouvertes.

Assis face à sa vulve, qui n'est pas exactement à la portée de son regard, il lui demande encore plus gentiment : « Mon petit, approchez bien vos fesses du bord de la table. Voilà. C'est parfait. »

Il palpe son ventre, se redresse.

« Je vais poser un spéculum, c'est un peu désagréable. Essayez de ne pas vous crisper. »

Il ne veut pas que je m'évade. Il a besoin de moi entière, se résigne Jeanne, qui laisse sans protester les lames froides de l'outil métallique s'ouvrir dans son vagin. Le professeur commente ce qu'il voit, puis il introduit son index et son majeur et les pousse jusqu'à l'utérus. Elle gémit.

« Vous me faites mal...

– Ce ne sera pas long», répond-il.

L'exploration commence, il décrit ce qu'il sent avec des mots que Jeanne ne comprend pas, hormis cette phrase :

« L'ovaire gauche a la taille d'un abricot, celui de droite, plus souple, a la taille d'une pêche. »

Les étudiants écoutent religieusement, le plus âgé, assis à la table, prend des notes.

Jeanne croit que cette comparaison est une trouvaille du professeur. Elle lui est presque reconnaissante de faire de son ventre un verger. Ça l'apaise, elle souffre moins.

3

Durant sa convalescence, le docteur Pistoia lui apprendra qu'en gynécologie les organes féminins sont depuis la nuit des temps comparés à des fruits. Comme le sont les premiers stades de la croissance de l'œuf. Il les lui a énumérés, elle en a pris note : grain de groseille la première semaine, l'œuf atteint la taille d'une cerise, puis d'une prune, d'un abricot, d'une pêche, d'une orange, jusqu'à parvenir au troisième mois à la taille d'une grenade. Jeanne savait que, comme les femmes, les fleurs ont un gynécée et des ovaires, que les menstrues des premières ont longtemps porté les noms des secondes ; elle ignorait que les fruits de la terre servent d'étalon, de mesure à ceux des femmes et que la fertilité des vergers et la fécondité des femmes sont inséparables. Cette découverte la transportera, comme le jour où sa maîtresse d'école révélait à la classe entière, des cours préparatoires aux cours moyens 1 et 2, que la Terre tourne autour du Soleil et la Lune autour de la Terre.

Le professeur retire sa main, se redresse.

« Messieurs, autour des ovaires et des trompes, je sens des... et des... Venez voir, Pistoia. »

Pistoia bondit de la table à la manière d'un sprinter décollant de son starting-block, ausculte Jeanne à son tour sans réveiller de douleurs, confirme le diagnostic du professeur, qui palpe maintenant les seins de sa patiente, puis de nouveau son ventre.

« Bravo, madame ! Votre ventre est ferme, pas comme ces ventres mous qui font les accouchements difficiles. Si les femmes voulaient comprendre qu'elles ont intérêt à se muscler, les salles de travail seraient moins bruyantes, déclare-t-il avec agacement. Voilà, c'est fini, vous pouvez vous rhabiller. »

Il se rassied.

« Messieurs, des questions ? » demande-t-il aux étudiants revenus se placer en cercle autour de lui.

Ils n'en ont aucune. Pendant ce temps, Jeanne renfile sa culotte. De nue devient présentable. Contourne la table du professeur.

« Mon petit, je ne suis pas surpris que vous ayez des crises, et même des hémorragies. Vous auriez dû consulter, plus tôt, beaucoup plus tôt. Dès l'apparition des symptômes. Pourquoi avoir attendu si longtemps ?

– J'étais soignée par mon beau-père médecin.

– Ah ! Bien... Voici mes conclusions. Il faut au plus vite assainir tout ça. L'opération est inévitable. Je vous laisse réfléchir. Un petit mois, pas plus. »

Se tournant vers le secrétaire de séance, il ajoute :

« Le docteur Pistoia est mon chef de clinique. C'est lui qui opère. Au revoir, madame. N'oubliez pas vos abdominaux. »

4

QUELQUES JOURS plus tard, Jeanne se tord de douleur. Aux urgences, le médecin de garde lui donne des calmants et appelle Pistoia. On est en août, il peut opérer dans la semaine. Vendredi matin. Est-elle d'accord ? Oui… Alors, soyez à l'hôpital jeudi vers 20 heures après avoir dîné.

Ce soir-là, Koios l'invite dans un restaurant proche de la Pitié-Salpêtrière. La salle embaume la cuisine d'été, les légumes juteux, la friture légère, le basilic et la coriandre fraîche. Bien qu'il soit très tôt, le restaurateur accepte de les servir et prend grand soin de ses uniques clients. Il leur fait goûter plusieurs cépages du Pays basque à la robe noire, aux effluves puissants et taniques, et leur offre pour terminer un patxaran, un digestif à base de prunelles sauvages. Les yeux mélancoliques et très clairs de Koios s'attardent sur la bouche de Jeanne, il lui parle lentement, chaque mot est un joyau, elle lui répond par d'autres qui ressemblent à de joyeux petits œufs de Pâques cachés et que personne ne retrouve. Ils sont complètement groggy lorsqu'ils marchent vers le bâtiment où elle est attendue.

5

Une infirmière installe Jeanne dans un box isolé, au bout d'une salle commune d'où elle voit deux longues enfilades de lits dont les plus lointains sont engloutis par la semi-obscurité de la nuit d'hôpital. Certaines femmes dorment, d'autres soupirent, repoussent leurs draps, la nuit est lourde, très chaude.

Le passage est si tranchant entre son dîner amoureux et son hospitalisation que tout l'indiffère, l'odeur de pisse mêlée à celle des détergents, les toiles d'araignées qui pendent comme des loques dans les recoins du plafond, les souris qui galopent sous les lits. Elle s'endort.

Le matin très tôt, une infirmière lui donne un calmant. Plus tard, une autre la fait se déshabiller pour enfiler une blouse bleue à demi fermée dans le dos par trois cordons qu'il faut lacer. Plus tard encore, deux malabars la transportent de son lit sur un brancard que l'un d'eux pousse maintenant à toute vitesse à travers des couloirs interminables, sombres, encombrés, pas si vite, dit-elle, il ne l'entend pas.

La salle est tellement spacieuse, le plafond si haut, que le bloc opératoire qui se profile dans l'axe de la porte lui apparaît comme un petit édifice étincelant et aimable dans ce décor de peintures écaillées et de sol couleur de serpillière, aux fenêtres grandes ouvertes sur la fraîcheur du matin, mais au fur et à mesure que le brancardier l'approche de la table d'opération, des puissantes lampes braquées sur des quantités d'instruments d'une propreté rutilante, méticuleusement alignés côte à côte sur des étagères, chacun destiné à couper, inciser, pincer, écarter, tordre, tirer, gratter, extraire, Jeanne comprend qu'il s'agit d'une chambre des supplices où bientôt des hommes masqués, affublés de bonnets et de lunettes, ouvriront son ventre et éclabousseront de son sang le sol et leurs grands tabliers immaculés.

Tout prend un air d'apocalypse quand peut-être on mourra, tempère la future suppliciée qui entend tout à coup des éclats de rire. Et lorsqu'elle détache ses yeux du petit meuble de torture et découvre sur sa droite trois jeunes athlètes (parmi lesquels elle reconnaît le docteur Pistoia), torse nu, calot blanc enfoncé sur le crâne, larges pantalons verts serrés aux chevilles, qui déroulent leurs muscles en parcourant à grands pas la salle d'opération, ses visions macabres s'envolent.

Ils s'approchent. Le docteur Pistoia lui demande d'enlever sa bague, son talisman (un anneau surmonté de petits grains ronds de lave brillante et noire, montés comme une framboise, un cadeau de Koios en juillet à Naples). Elle dit : « Non. S'il vous plaît, non ! »

Il interroge l'anesthésiste du regard.

Juste avant que l'aiguille ne s'enfonce, celle-ci fait un signe de consentement au chirurgien.

Jeanne glisse à la vitesse de la lumière sur les parois du précipice étroit et vertigineux de la drogue.

6

À SON RÉVEIL dans cette brûlante matinée du mois d'août, elle touche son auriculaire gauche et fait tourner l'anneau et les petits grains de lave, se souvient des rires des médecins aux torses nus, revoit cette salle d'opération transformée en gymnase : tout va bien ! Dans l'heure qui suit, le docteur Pistoia le lui confirme : il est parvenu à enlever les chapelets de kystes qui infectaient ses trompes. Connaissez-vous la cause de cette infection ? demande-t-il. Elle répond qu'elle a eu un avortement il y a quatre ans ; des douleurs s'étaient déclarées tout de suite après, puis elles avaient disparu, puis elles étaient revenues.

Chaque matin, il lui rend visite, lit sa feuille de température, prend de ses nouvelles, regarde sa cicatrice, s'attarde sans raison en appuyant ses mains sur le pied du lit en fer forgé de sa chambre. Koios arrive en fin d'après-midi. Alors tu ne souffriras plus, lui dit-il le premier jour avec un sourire radieux.

Il lui caresse les mains, les garde dans les siennes en lui donnant des nouvelles du monde avant d'aborder la Grèce des colonels et d'évoquer ses amis grecs, dont il ne sait pas grand-chose depuis le putsch d'avril. Il lui raconte aussi ses lectures. Il reste près d'elle environ une heure, jusqu'à ce qu'une infirmière apporte le plateau du dîner.

Le ciel est bleu, il fait chaud, il flotte un air léger, insouciant. En cette période de l'année où le temps est à la traîne, le personnel de l'hôpital est aimable et attentif. Jeanne est heureuse de parler chaque jour avec les femmes chargées des soins, des repas, du ménage. De sa fenêtre ouverte, qui donne sur les jardins et les arbres, l'air vert et frais remplit sa chambre, recouvre presque complètement les relents piquants et javellisés incrustés dans ses murs et son sol.

Elle reprend des forces. La cicatrice qui traverse horizontalement tout le bas de son ventre est de moins en moins douloureuse lorsqu'elle bouge. Elle peut même rire.

7

Deux jours après son opération, en tout début d'après-midi, quelqu'un toque à sa porte. Mince comme un fil, une sage-femme, comme l'indiquent les étroites rayures roses et blanches de sa blouse, apparaît. Elle a un teint de madone byzantine, de superbes sourcils noirs qui prennent racine à l'aplomb de son nez droit et fin, une bouche délicate. Jeanne reconnaît dans ses traits les portraits des dames de Pompéi.

« Comment va la malade ? » dit-elle d'une voix sonore.

Sa main ne quitte pas la poignée de la porte pendant qu'elle dévisage Jeanne, puis scrute la chambre de son œil d'aigle.

« Je vais bien, merci », répond Jeanne.

La visiteuse sourit, s'avance vers le lit en plissant les yeux.

« Je m'appelle Maria. Je suis sage-femme en chef de la maternité. Le docteur Pistoia m'a demandé de passer vous voir. Vous, c'est Jeanne Blade, n'est-ce pas ?

– Oui, madame.

– Et vous êtes étudiante ! Qu'étudiez-vous ?

– Je prépare un mémoire sur *Les Contes du vampire*, des contes originaires de l'Inde. C'est un tout petit ouvrage, cent pages au plus ; pas grand-chose comparé à l'épopée du *Mahabharata*, plusieurs centaines de milliers de vers et de strophes...

– Et votre vampire, qu'est-ce qu'il fait ? interrompt Maria.

– Il tient un prince prisonnier et lui raconte des histoires. Chacune se termine par une énigme. Pour être libéré, le prince doit trouver la réponse. Il échoue vingt-six fois ! Il faut dire que certaines énigmes du vampire ne sont pas faciles...

– Une énigme ! Alors, vous aimez les énigmes ? interrompt encore Maria, que cette révélation semble enthousiasmer.

– Je les adore.

– Alors, laissez-moi vous en poser une. Savez-vous pourquoi l'hôpital où nous sommes s'appelle la Salpêtrière ?

– Mais ce n'est pas une énigme !

– Peu importe, répond Maria en s'asseyant à demi, avec légèreté, sur le bord du lit. Autrefois le lieu était occupé par un arsenal, on y fabriquait et on y stockait du salpêtre, du nitrate de potassium, pour faire de la poudre à canon. Jusqu'à ce que Louis XIV, il avait dix-sept ans, décide d'en faire un hôpital général en retenant son nom d'origine, Salpêtrière. On n'y enfermait que des femmes. Toutes celles dont la société ne voulait pas, les mendiantes, les vagabondes, les prostituées, les sorcières, les folles, les impies, les criminelles, les convulsionnaires, les épileptiques, les teigneuses. Au moindre signe de rébellion, elles étaient fouettées, marquées au fer rouge, et quand elles ne se soumettaient pas, on leur coupait le nez, on les enchaînait aux murs des cellules de la Force, la prison située dans les sous-sols de l'hôpital, infestée de rats, envahie d'eau à chaque débordement de la Seine... Même chose à Bicêtre pour les hommes ! Mais, ici, c'était pire, bien pire. Les femmes ont leurs règles, elles sont enceintes, elles avortent, elles accouchent. »

Maria se lève, s'éloigne du lit, murmure en regardant par la fenêtre :

« Aujourd'hui, dans cet hôpital, on prive d'eau, on affame, on injurie les femmes avortées, certains médecins font même des curetages à vif sur des gamines qui hurlent, au prétexte qu'elles s'en souviennent. »

8

Cette Maria prend ainsi l'habitude de passer voir Jeanne. Elle qui a vu accoucher des centaines de femmes, confie à celle-ci la joie intense qui l'étreint à chaque naissance. Elle lui décrit comment l'œuf se forme et évolue jusqu'au moment irrépressible, magique, où il sort du ventre de la mère ; elle lui explique en quoi consiste le « travail » de l'accouchée et comment elle, Maria, l'accompagne, la stimule, la rassure ; Jeanne écoute médusée ce récit que sa mère n'a jamais fait, il lui semble renfermer plus de beauté, de grandeur, de mystère que le *Mahabharata*, l'épopée la plus longue du monde.

« Le principe d'éducation de l'école où j'ai préparé mon brevet supérieur avait pour objectif principal de faire des croyantes, pas des raisonneuses. Ils ont échoué », dit Maria un autre jour en éclatant de rire, après une tirade enflammée contre la religion, le pape, les prêtres, les sœurs, Jésus.

«Ce fils de Dieu crucifié, chargé de racheter les péchés du monde! Quels péchés, dites-moi, Jeanne, de quels péchés s'agit-il? Selon moi, le premier péché, le plus impardonnable, est d'avoir amputé Marie de ses attributs féminins, d'en avoir fait une vierge éternelle alors qu'elle a baisé, conçu, grossi, enfanté comme toutes les femmes. Dieu est aveugle comme une taupe. Il ne sait rien du corps féminin, enfin, juste assez pour que les pères traitent leurs filles comme leur propriété et pour que leurs maris et leurs fils en fassent autant. J'en connais un bout, je suis corse.»

«D'où vient l'idée d'éternité? demande-t-elle à brûle-pourpoint un autre jour encore à Jeanne. De la contemplation du ciel et des étoiles? Du cycle des saisons?»

Et, puisque Jeanne ne vient pas à son secours, Maria déclare solennellement:

«L'idée d'éternité vient de ce que l'individu naît et meurt.»

Après un long silence, elle ajoute:

«C'est son lot. Alors que l'espèce survit.»

À l'époque, un mur séparait lettres et sciences. En classe de philo, l'éternité appartenait au monde des idées, pas à celui du vivant, de la biologie, des sciences naturelles. On n'y enseignait pas la théorie de l'évolution, on n'encourageait jamais les étudiants à se joindre aux visiteurs des observatoires de la Sorbonne ou de Port-Royal afin de scruter le ciel. Jeanne apprenait tant de Maria !

Et surtout, une manière nouvelle d'être femme. De bouger son corps, de le lancer dans l'espace en l'occupant tout entier, en ne cachant ni sa beauté, ni sa force ; Maria en faisait le complice, le complément, le messager de sa parole, à moins que ce ne soit le contraire.

Comme elle était curieuse de sa jeune amie, et tendre avec elle.

Comme elle aimait rire.

Elle se redressait parfois, mains croisées sur la tête, défiant le monde, intrépide.

Elle parlait en prenant son temps, avec superbe, avec assurance, choisissant ses mots, ménageant ses effets, de telle sorte que les trajectoires, les destins, les combats de ses personnages, même les plus ordinaires, prenaient un relief extraordinaire. Elle faisait de leur vie des récits haletants qu'elle ne finissait jamais, comme si le flot de leur existence se poursuivait et lui échappait ; elle faisait de Jeanne sa partenaire, sa complice, comme si ses récits ne prenaient sens que grâce à elle.

Jeanne ne le sait pas, mais c'est leur dernier après-midi : avant de la quitter, Maria serre ses mains entre les siennes en disant : « Je sais ce qui vous arrive. »

9

En dépit de l'amitié de Maria et des visites amoureuses de Koios en fin d'après-midi, Jeanne est impatiente de sortir.

Quinze jours se sont écoulés quand un matin, sans crier gare, le docteur Pistoia lui annonce qu'elle peut partir. Elle est folle de joie. Pistoia semble d'une humeur bien différente. Il lui fait face, les mains toujours appuyées sur le pied du lit en fer forgé, là où est accroché le tableau de température qu'il réexamine avec soin avant d'interroger sa patiente. Quand a-t-elle avorté ? À quel mois de grossesse ? Elle ne sait plus. Puis elle affirme : cinq. Plus peut-être. Mon beau-père a dit que j'ai souffert comme pour un accouchement, que c'était même pire.

« Comment s'y est-il pris ? Avec quoi ? »

Elle lui raconte. Il s'en étonne. C'est la première fois qu'il entend parler de cette technique. Il évoque une autre manière de faire, une algue qui gonfle doucement au contact de la muqueuse, se gorge de son humidité et déloge lentement le fœtus qui s'y est niché.

« Dites-moi, votre beau-père, comment vous soignait-il ?

– Avec de la morphine. Quand j'avais une crise, il me faisait des piqûres.

– Avez-vous eu un curetage ?

– Oui.

– Vous a-t-il endormie ?

– Oui, bien sûr ! »

Il s'éloigne du lit, ne fait plus face à Jeanne, lui parle de trois quarts.

« Nous avons tenté d'insuffler vos trompes afin de leur redonner de la souplesse, dit-il lentement. Ce sont elles qui poussent l'ovocyte vers l'utérus et favorisent le cheminement des spermatozoïdes, c'est au cours de ce voyage que la fécondation a lieu. Les vôtres ne tiendront pas plus d'une huitaine de jours.

– Que voulez-vous dire ?

– Après une semaine, vos trompes n'accompliront plus leur fonction. Après ce délai, votre stérilité est irréversible. »

Maria savait donc ! Tout s'éclairait, la gravité de sa voix, sa tendresse. Après le départ de Pistoia, Jeanne n'a qu'une idée en tête, la voir. En vain, elle est en salle de travail. Sonnée, Jeanne remplit alors ses papiers de sortie d'hôpital, passe en revue l'intérieur de son sac, entend la sage-femme au visage de madone lui chuchoter cette confidence : « C'était il y a un an, Jeanne. J'ai été accusée d'avoir avorté une femme et de l'avoir fait admettre à la maternité pour un curetage, vous imaginez ? Faire une connerie pareille ! Des collègues, des médecins avaient monté cette cabale contre moi. Je les dérange, vous comprenez ? Tout en moi les dérange ! Toute patiente, avortée ou pas, a droit aux soins, au respect, à de la considération. Ce n'est pas leur éthique. Ils m'ont dénoncée aux autorités de l'hôpital, j'ai été convoquée. Ils n'avaient pas de preuve, bien sûr. Mais j'ai eu très peur. En 1943, Pétain a fait guillotiner pour l'exemple, vous m'entendez, pour l'exemple, une faiseuse d'anges. Elle s'appellait Marie-Louise Giraud. C'était dans la cour de la Petite Roquette. Lui, voulait repeupler la France après la saignée des deux guerres. Je me souviens de cette histoire comme si c'était aujourd'hui. Je risquais la prison, l'interdiction d'exercer ! J'ai eu beaucoup de chance, mon patron, celui dont dépend Pistoia et Pistoia lui-même, m'ont défendue, deux types formidables. C'était très courageux. Ils se sont battus bec et ongles. Car leurs salauds de confrères avaient l'appui de la loi, de l'Église, de l'Ordre des médecins… Plus pour longtemps, j'espère !»

Avec ce «plus pour longtemps, j'espère», dont le timbre impérieux résonne dans sa tête, Jeanne fait ses adieux aux infirmières, aux femmes de ménage, à tout le personnel et se met en marche.

10

Elle se dirige à la vitesse d'une tortue vers la grande porte de la Salpêtrière, comme une tortue, très lentement donc, elle découvre au ras du sol les mégots, les débris et les herbes folles coincés à la jonction des murs et des trottoirs et se sent piétinée comme ces mégots, mise au rebut comme ces débris et sale comme ces herbes folles.

Huit jours !

Huit jours seulement !

Elle redoute la réaction de Koios ; elle revoit Maria, sa théâtralité, son exubérance, et se compare à elle : je suis misérable, se dit-elle, acculée et misérable.

Mais, boulevard de l'Hôpital, en ce brûlant après-midi d'août 1967, lorsqu'elle pose son sac, contemple avec avidité le ciel, les voitures, les passants, sent les odeurs goudronnées, acides et grasses de la ville, Jeanne est remplie comme d'un nectar de ce vacarme, de cette rumeur lointaine, de ces effluves surchauffés.

Elle s'avance jusqu'au carrefour, où elle redécouvre avec une joie immense, avec gratitude, que la percée des Gobelins, la montée vers la place d'Italie, sont intactes. Elle reprend son sac, se dirige vers la gare d'Austerlitz. Tout au long du boulevard, dans les cafés et les restaurants qui le bordent, elle ne voit que des gens gais, des gens heureux. Rue Buffon, elle entre au Jardin des plantes, dépasse la Galerie de paléontologie et tout à coup les promenades faites ici même avec Koios l'enveloppent comme une pluie de mousson, une pluie bienfaisante. Ni sa cicatrice ni le sursis d'une semaine n'altèrent ces alvéoles de miel.

Rue des Vinaigriers, l'appartement est vide.

Le soir, Koios rentre.

Jeanne lui parle.

Il lui répond avec une douceur infinie :

« Je ne suis pas prêt, Jeanne. Je ne veux pas d'enfant. »

11

Quatre ans avant cet épisode, par un matin brumeux des premiers jours d'automne, Jeanne marche côte à côte avec sa mère, venue à Paris pour voir sa fille. Comme d'habitude, quand celle-là vient à la capitale, elle loge chez sa sœur.

Mère et fille sont proches de l'appartement familier lorsque, tout à coup, de manière incoercible, la seconde vomit. La matière a giclé comme un éclair, lui arrachant des larmes, acidifiant sa gorge et sa bouche. Les deux femmes se regardent.

Qu'arrive-t-il ? Jeanne feint l'étonnement, répond de manière évasive, pourtant cette flaque supprime l'espoir qu'elle nourrit encore.

Depuis qu'elle fréquente le fils Koupkov, elle est enceinte presque chaque mois. Jusqu'alors, il lui faisait des intraveineuses, elles étaient efficaces, tout rentrait dans l'ordre. Mais, depuis plus de deux mois, ses règles l'ont désertée. Son corps a changé de cap.

Toutes deux reprennent leur marche. « Ma chérie, tu devrais te mettre à la diète deux ou trois jours. Je pense que tu te nourris mal ici à Paris… Trop de sandwichs, non ? D'ailleurs tu as un peu grossi. Quand nous serons rentrées, je te préparerai une tisane…

« Ce soir, reste chez ta tante, dors dans la chambre du haut. Comme ça, si tu n'allais pas mieux, elle prendrait soin de toi. »

Devant cette flaque aigre qui salit le trottoir luisant de pluie, ce dégueulis malodorant qu'elle vient d'expulser et qui trahit son état, Jeanne est soulagée, car elle veut…

De fait, non ! Elle ne veut pas, surtout pas, que sa mère sache.

Puis un doute violent la saisit, un doute tapi de rancœur. Je n'ai pas « un peu grossi » en général, se dit-elle. La graisse, ça enveloppe, ça se répand, ça enrobe, ça déforme un visage, les joues gonflent, le cou épaissit, comment ma mère a pu se méprendre, je n'ai grossi qu'à la poitrine et au ventre. Surtout au ventre. Il pointe. Je le vois. Là. À cet endroit précis. Comment est-il possible qu'elle ne voie pas que seuls mon ventre et mes seins se sont arrondis ? Une mère pressent ce qui se trame dans le corps de sa fille. Sinon, comment prétendre aimer son enfant ? Jeanne fulmine contre sa mère. Une sage-femme! Une mère qui fut sage-femme et qui ne voit rien!

Pourquoi ces reproches, pourquoi cette rage? C'est que Jeanne y comptait dur comme fer! Tout naturellement, sans faire de drame, sans rien dire, un jour ou l'autre sa mère aurait compris, l'aurait prise dans ses bras et rassurée. C'est bien la raison pour laquelle Jeanne a vomi! Pourquoi, la première fois qu'elle vomit, c'est justement devant sa mère? Quelle meilleure preuve peut-elle donner? Voilà ce qu'elle découvre. Sans jamais se l'avouer, cette idiote croyait au miracle.

Dans cette rue humide d'automne, Jeanne envie l'insouciance de cette femme aux gants de pécari, les seuls qu'elle aime, cette femme au tailleur écossais noir et rouge qu'elle s'est fabriqué et dont le col dépasse d'un manteau noir serré à la ceinture, cette femme aux cheveux blonds et courts qui la presse contre elle, se serre pour la réchauffer en lui tenant le bras. « Rentrons vite, lui dit-elle tendrement, promets-moi de te reposer après la tisane que je vais te préparer. »

Jeanne se sent misérable, trahie, seule comme jamais et à jamais.

12

Quand elle était petite fille, sa mère descendait parfois du haut d'une étagère une mallette en cuir recouverte d'une épaisse toile marron qu'elle posait par terre devant sa fille. Ne touche à rien, lui disait-elle invariablement en ouvrant la mallette avec une toute petite clé. Jeanne regardait alors les instruments dangereux, mystérieux, quasi sacrés, qu'elle renfermait. «Autrefois, ils m'aidaient à faire naître les bébés», lui avait dit sa mère.

En d'autres occasions, elle donnait à sa fillette le droit de feuilleter le *Dictionnaire médical illustré* de Larousse. Un épais livre rouge, sorti de la même étagère, qu'elle posait par terre, là encore, devant l'enfant fascinée par ses planches anatomiques, ses méticuleux dessins à la plume, ses photos de malades mentaux ou atteints de difformités physiques. Quand elle était particulièrement sage, Jeanne obtenait de sa mère de revoir et la mallette et le *Dictionnaire.*

Il contenait une photo qui représentait un « nègre atteint d'éléphantiasis ». Elle y revenait toujours. Ses jambes énormes et plissées ressemblaient à celles d'un éléphant, preuve qu'en Afrique les maladies consistent à devenir un animal africain, puisque sa mère lui avait dit : « Cette maladie très rare n'existe pas en France. »

N'exerçant plus depuis des années son métier de sage-femme, trop prenant pour élever un enfant, elle avait ouvert un cabinet d'infirmière et dispensait ses soins au village. Elle emmenait parfois sa fille auprès de ses malades.

Jeanne fermait les yeux quand elle voyait une longue aiguille épaisse percer une épaule ou une fesse ; cependant, le spectacle de la chair qui se révulsait sous l'effet de la chaleur des ventouses la terrifiait encore plus. Ces visites décuplaient l'admiration qu'elle vouait à sa mère : non seulement celle-ci savait faire naître les enfants et connaissait tout des maladies, mais elle avait aussi le pouvoir et l'intrépidité de guérir en faisant très mal.

Un peu plus tard, Jeanne a environ neuf ans, lorsque son père quitte la maison pour soigner une grave tuberculose. Peu de temps après, elle-même est contrainte de partir à son tour en préventorium pour soigner une pneumonie.

Là, elle découvre les repas insipides de la vie collective et les caresses délicieuses entre pensionnaires.

La fenêtre de sa chambre, qu'elle partage avec deux d'entre elles, donne sur l'abattoir de l'institution. Une fois par semaine, elles l'ouvrent en grand pour écouter les glapissements des cochons qu'on se prépare à tuer et les gémissements des vaches dont on tranche la gorge. Toutes trois sanglotent de voir les doux animaux pleurer et plier lentement leurs pattes de devant avant de s'affaisser.

Quand Jeanne rentre un an plus tard du «préven», comme on disait alors, sa mère a déménagé dans une petite ville. Son père a refait sa vie ailleurs. La mallette et le *Larousse* ont disparu.

Après son retour, Jeanne a ses premières règles; pendant une fraction de seconde, elle perçoit le désarroi de sa mère; plus tard, lorsque le fils Koupkov prend de l'importance, celle-ci recommande à sa fille d'être prudente. L'initiation à la vie, à ses miracles, à ses divagations effrayantes et à leurs réparations, c'était terminé.

13

Jeanne a bu la tisane reconstituante. Sa mère est repartie pour sa bourgade picarde, laissant sa fille aux bons soins de sa sœur parisienne. L'appartement comprend une chambre de bonne au dernier étage. C'est là que Jeanne monte passer la nuit.

Elle est trop épuisée pour rentrer chez elle, dans le grand studio qu'elle loue avec son amie d'enfance depuis le début de l'année universitaire.

On toque à sa porte. C'est moi, dit-il. Elle se lève à moitié réveillée pour ouvrir. S'étonne qu'il sache qu'elle est là. Il rit. Il l'enlace, la serre dans ses bras mouillés de froid. Elle lui raconte la scène avec sa mère. Il la console. Elle ferme les yeux, il les embrasse. Elle grelotte. Ils se mettent au lit, se pelotonnent l'un contre l'autre, se réchauffent. Elle veut dormir. Il l'en empêche. Il la caresse. Elle repousse ses mains, elles reviennent. Elle les éloigne encore. Elle est encore retournée par cette scène avec sa mère. Il insiste.

Elle se réfugie au bord du lit, il se rapproche. Elle devrait se laisser tomber. Mais il fait glacial dans la chambre. Il chuchote dans son oreille, je t'aime, je t'aime. Son sexe ne peut plus attendre. Elle a la nausée. Elle file dans les toilettes glacées de l'étage pour se laver. Le sperme coule entre ses cuisses, se fige, elle en prend un peu, le fait rouler entre ses doigts, il colle, elle le flaire, l'odeur lui soulève le cœur, elle vomit.

14

DANS LA MAISON de sa petite enfance, une gravure et une peinture étaient accrochées côte à côte sur le mur qui faisait face à l'étagère de la mallette et du *Dictionnaire*. Jeanne les a tant regardées qu'elles font partie d'elle.

La première représente une Nativité : assis sur un tertre, sombre, massif, muscles tendus, le torse recouvert d'une fourrure, les cheveux frisés et épais d'un homme des cavernes, Adam a cependant de longues mains déliées, un visage aux traits fins et réguliers ; en contrebas, prenant appui contre sa poitrine, le pubis recouvert d'un léger voile, Ève a posé sa main droite sur son ventre. Son visage est empreint de fatigue et de douceur. Sa peau très claire, sa chevelure longue et souple, évoquent celles d'une princesse nordique. Tous deux regardent un nouveau-né, leur enfant, posé sur un nid de palmes que l'homme brandit au bout de ses bras. Ils sont seuls dans un paysage désolé de rocs et de sable, un désert où l'on distingue cependant au loin un abri et peut-être un étang et, plus près, quelques fleurs et deux ou trois plantureux épis de blé. Dans ce paysage faussement aride, ils sont sereins, sans inquiétude pour la mort à laquelle ils sont promis depuis que, après avoir mangé le fruit de la connaissance, ils ont été chassés du paradis. Mais c'est l'adoration qu'Adam porte à son enfant et l'émerveillement de la jeune accouchée qui immobilisaient la petite fille.

La peinture est le visage d'une femme. Quel que fût le lieu d'où Jeanne la regardait, à droite, à gauche, de près, de loin, ses yeux la suivaient et son index, posé contre sa délicate bouche rouge, lui intimait de se taire, d'être sage. Son visage très jeune, grave et pâle était encadré d'une chevelure rousse tenue en bandeaux. L'annulaire de sa main pliée portait une grosse émeraude couleur de la manche à peine esquissée de son habit. Cette apparition jaillissait d'un fond noir-bleu comme de l'encre. Qu'avait vu, entendu, cette femme ? Chut, disait-elle.

Mais aussi : J'ai un secret, je ne parlerai pas.

La gravure que sa mère appelait « La Première Naissance » évoquait son ancienne profession et la passion qu'elle lui inspirait encore ; la peinture à l'huile annonçait ses silences et exhortait la fillette à l'imiter.

15

À Paris, ce soir-là, le fils Koupkov dort pendant que la colère de Jeanne enfle : l'insouciance, l'aveuglement de sa mère la torturent. Si elle a vomi après avoir fait l'amour, c'est la faute de sa mère. Il dort alors qu'elle pleure, c'est aussi de sa faute ; si elle est enceinte, c'est encore de sa faute. Sa mère ne lui a jamais rien dit, rien expliqué. Juste laissé entrevoir, à un âge où tout marque, tout s'imprime, mais où on ne comprend rien. Puis tout a disparu : la mallette d'obstétrique, le *Larousse* médical, la Nativité.

À l'image de la femme rousse qui commande de se taire et dont le tableau trône seul maintenant dans la grande pièce de leur nouvelle maison, sa mère a opté pour le silence, le secret. Elle a privé Jeanne de son savoir, de son expérience. Elle est coupable. Coupable, coupable ! Jeanne voudrait qu'elle avoue, qu'elle demande pardon, qu'elle souffre bien plus qu'elle ne souffre elle-même. Elle aurait tant voulu qu'elle la console, qu'elle la répare ! Elle aurait voulu ne pas naître.

Elle allait tout flinguer. Flinguer la Nativité qui glorifie le premier-né de notre espèce. Flinguer le fruit de ses entrailles. Flinguer sa mère et son enfance.

16

Il y a des salles d'attente qui ressemblent à des coupe-gorges, clac ! La porte se referme sitôt franchie.

Vous voilà prisonnier dans une pièce minuscule au mobilier misérable et à touche-touche avec des malades parfois très agités. Enfin, une sirène assourdissante retentit, capable d'alerter un hôpital entier, un phare rouge clignote, la porte s'ouvre lentement, du fond du couloir le médecin aboie « Au suivant ! ».

La salle d'attente du docteur Koupkov semble être aux antipodes de ce traquenard ; après avoir éventuellement vérifié l'adresse gravée sur la plaque en cuivre qui surmonte la sonnette d'entrée, après avoir appuyé sur son bouton, il ne reste qu'à franchir le seuil de la porte qui s'ouvre sans bruit et aller prendre place sur l'une des nombreuses chaises alignées à droite et à gauche d'un vaste hall, où tout au fond un spectaculaire arbre à pain du Mexique, entouré de palmiers, de marantas, de fougères de toutes sortes, escalade une façade de verre avant de partir à l'assaut du plafond et rejoindre la porte d'entrée. La lumière tamisée, enveloppante, protectrice de cette serre tropicale et la douceur chaude, légèrement humide, qui émane des plantes exultant de santé aiguisent le sentiment d'abandon et la peur de Jeanne. Pourquoi son amant a-t-il tant tardé à fixer ce rendez-vous avec son père, le docteur Koupkov ? Qu'allait-il se passer ?

Assise près de la verrière, elle regarde les patients parler, lire, ne rien faire. Ils ont oublié que la vie peut basculer. Elle, ne pense à rien d'autre, quand, en face d'elle, une femme auréolée d'une immense tignasse blanche et qui la fixe intensément attire son attention. Clignant des yeux, l'inconnue lui adresse de petits gestes mystérieux avec ses mains qu'elle serre, puis joint, puis ouvre tout grand comme si elle libérait quelque chose. Une agitée, pense Jeanne, qui détourne son regard et s'abîme dans le battement de la pluie sur la verrière, où les gouttes dégoulinent à toute vitesse, où certaines s'immobilisent, brusquement et sans raison, pour se gonfler d'une autre qui dévie leur trajectoire avant de dévaler à nouveau la surface lisse. Jeanne se sent piégée comme elles. Même les teintes enflammées de la vigne vierge qui filtrent du dehors augmentent son inquiétude, puisque bientôt ses feuilles deviendront uniformément brunes, pourriront et tomberont. Et lorsque son regard glisse vers la porte de la maison d'habitation du bon docteur, cette maison qu'elle connaît si bien, qui abrite la chambre de son amant, cette maison cossue, bourrée de trésors et dont la porte d'entrée ouvre sur le hall, Jeanne se recroqueville sur elle-même, se fait toute petite, pour échapper peut-être à l'obscénité à laquelle elle sera bientôt confrontée et que la contiguïté des lieux lui fait anticiper.

Penser à autre chose ! S'évader !

Mais elle n'en a ni le ressort ni l'imagination. Alors, comme on fait des patiences ou des jeux absorbants et mornes dont l'objectif est d'aiguiser la compétition entre les joueurs, Jeanne se met à compter les dalles de marbre de la magnifique rose des vents qui couvre le sol en les classant selon leur forme, carré, losange ou rectangle, et leur couleur, rouge, noir ou miel. Elle se perd dans ses comptes, les colonnes de chiffres maintes fois rectifiées s'écroulent et brusquement, sans raison apparente, sa mémoire la propulse dans la salle de classe de l'école de son village un matin d'hiver.

17

Le poêle est allumé. L'odeur du charbon, de la poussière de craie, toute la classe est réunie là. Mme Talmont, la maîtresse, siège derrière son bureau, sur l'estrade à gauche du grand tableau noir où elle écrit chaque jour les titres des leçons. Pas un bruit à cette heure du matin. Les petites font leurs lignes d'écriture. Les moyennes, dont Jeanne, s'efforcent de résoudre un problème de trains aussi fastidieux que le décompte des dalles de la rose des vents : ils partent à des heures différentes, roulent à des vitesses différentes, lequel arrivera le premier ? Les grandes, celles qui passeront le certificat d'études à la fin de l'année, rédigent une rédaction.

« M'dame ! M'dame ! » Pâle d'émotion, l'une d'elles s'est levée et crie en brandissant son livre ouvert en direction de la maîtresse, « M'dame, regardez », dit-elle tremblante, son doigt pointé sur un gribouillis rageur qui barre la page et la transperce à certains endroits. Une deuxième élève, puis une troisième se lèvent à leur tour, dénoncent le même crime, entraînent la classe entière à fouiller nerveusement les casiers pour en ausculter chaque livre.

Consternée, rouge d'indignation, la voisine de table de Jeanne venait de lui montrer la page de l'un de ses livres, traversée des mêmes gribouillis profonds et rapides, lorsque soudainement un silence de cathédrale tombe sur la classe ; Mme Talmont, qui ne quitte jamais son bureau, descend solennellement l'allée en direction des deux élèves. S'emparant du livre profané, elle l'ausculte de près et déclare la voisine de Jeanne coupable.

Comment est-ce possible ? Comment a-t-elle deviné ? La classe entière est abasourdie.

Sylvie !

Sylvie Boulanger ! Elle a des yeux couleur noisette, un peu exorbités, des cheveux blonds toujours en désordre et fins comme de la paille, et une grande bouche aux lèvres mobiles, presque élastiques. Sylvie s'ennuie à l'école. Elle est dernière en tout, elle n'a pas d'amie. Mme Talmont l'a placée près de Jeanne, en moyenne section, pour l'éloigner des « grandes », ses congénères, qu'elle dissipait avec ses bavardages. Sylvie lui fiche une paix royale, Jeanne le lui rend bien.

L'après-midi de ce fameux matin, la directrice de l'école fait un discours. Elle crie, hors d'elle : « Détériorer les livres de l'École publique ! Prendre une classe en otage, mentir, tromper sans vergogne, mesdemoiselles, c'est un crime ! J'ordonne une quarantaine. Sylvie Boulanger, on ne vous parlera plus, on ne vous regardera plus, je vous ordonne, mesdemoiselles, de l'oublier. »

Mme Talmont assigne à la criminelle une table tout au fond de la classe, proche de la porte d'entrée.

Chaque matin, Jeanne et ses copines passent devant elle. Leur petit groupe condamne Sylvie, mais admire son audace et plaint son sort. Elles lui font un petit signe. Sylvie regarde toujours ailleurs, feignant de ne pas les voir. Puis, un matin, puis le suivant encore, sa place est vide. Peu de temps après, la directrice annonce qu'elle est morte.

L'école n'assistera pas à l'enterrement.

Pourquoi est-elle morte ?

Pourquoi la punir alors qu'elle est morte ?

Les écolières veulent savoir.

« L'incident est clos, mesdemoiselles, reprenez vos leçons. » Voilà comment leurs questions sont restées sans réponses. Sylvie est de nouveau oubliée.

Bien plus tard, la grand-mère de Jeanne lui apprendra que Sylvie avait avorté : sa mort avait été atroce, la tricoteuse était une débutante.

«La salope, ont certainement dit à l'époque les garçons du village, à treize ans elle couchait déjà.» C'est comme ça qu'on traitait les filles.

Sa grand-mère chuchotait, tout le monde avait peur. L'avortement était lourdement puni. «Tu ne tueras point», ordonnaient l'Église et l'État.

18

Moi aussi, je suis une salope, je vais me faire avorter, pense Jeanne, sauf que le docteur Koupkov m'épargnera l'aiguille à tricoter et une mort atroce. On dit de lui qu'il est un faiseur d'anges. Enfin, on ne le dit pas directement, on le fait comprendre.

La porte capitonnée du cabinet s'ouvre enfin, le fils Koupkov fait signe à Jeanne de venir. Le père est en blouse blanche, elle est déboutonnée, on voit son costume de ville, son pantalon brun en velours côtelé, son pull vert d'où dépasse le col d'une chemise blanche déboutonnée aussi. Ses yeux sont très clairs, ses cheveux blancs sont courts et drus, sa peau est rose, la blancheur de ses dents, leur alignement parfait lui font un sourire gourmand et séducteur ; il a quarante ou cinquante ans, peu importe : sa vitalité est celle d'un jeune homme.

« Mon petit (c'est une manie des médecins), il faut que je t'examine. Déshabille-toi et installe-toi sur la table. »

Comme dans le premier chapitre de cette histoire, mais quatre années plus tôt, Jeanne se déshabille, cale ses pieds sur les étriers, Koupkov enfile un gant de caoutchouc, introduit un spéculum, regarde et palpe. Inutile de poursuivre. On connaît la chanson.

On se souvient qu'à la Salpêtrière le professeur prie son assistant Pistoia de venir vérifier son diagnostic.

Koupkov agit de même. Mais c'est à son fils qu'il s'adresse, c'est son fils qu'il invite à s'asseoir près de lui. Les voilà donc tous deux vrillés au paysage qu'offre l'appareil génital de Jeanne.

Spécial, qu'en dites-vous ?

Le père explique comment, de quoi, à quelle fin est constituée cette cavité que découvre son fils. Veut-il le dégoûter ?

Lui faire honte ?

Quelle idée !

La nature, c'est la nature, elle n'est ni honteuse ni pas honteuse, elle est, voilà tout, aimait dire le bon docteur.

Il n'empêche.

Jeanne devrait protester, non ?

Elle pourrait au moins profiter de cette leçon d'anatomie. Elle qui ne sait rien de son corps, de ses organes, de leur destination. Mais profiter, c'est vite dit, ses jambes sont grandes ouvertes, les deux hommes parlent bas et elle ne voit pas ce qu'ils voient. De toute manière, le père ne s'adresse pas à elle. Il parle d'elle.

Enfin, de ses organes génitaux. À son fils. Le fils, ma foi, regarde, écoute, et elle, elle se désintègre.

Ils se redressent enfin.

Le père enlève délicatement le spéculum.

«Tu peux te rhabiller, fillette», lui dit-il.

Lorsque Jeanne est rhabillée, il lui demande de sortir un instant.

19

Voilà de nouveau Jeanne dans la salle d'attente. Estomaquée. Certains patients la regardent avec un air de reproche : pourquoi cette fille est passée avant eux ? Elle n'a pas du tout l'air malade. Elle semble même en pleine santé. Elle nous nargue avec ses mains enfoncées dans ses poches, ses cheveux raides n'importe comment. Qui c'est, cette gamine, on la connaît pas, ici, à Duzières. Ah, le bon docteur, pensent ces mêmes gens.

Jusqu'où est-il bon ? se demande Jeanne.

Je n'ai pas le choix.

Elle répète ce refrain en boucle.

Puis elle hurle, ou plutôt se sent hurler :

Qu'est-ce qu'ils font ? J'ai besoin de savoir !

Elle serre les poings, plie ses jambes sous la chaise, ferme les yeux, s'agite.

Tire-toi, se dit-elle. Tout de suite. Allez, tire-toi, pars, se répète-t-elle.

« Mais ça va pas ! Elle est zinzin ! Elle se rend pas compte ! Se faire avorter par un vrai toubib ! On crache pas dans la soupe comme ça, quand même », interrompt d'une voix courroucée la femme à la chevelure blanche.

Un pur esprit, en vérité.

Curieux, pointilleux, irascible. Intervenant quand ça lui chante. On l'appelle la Mêle-Brin. Elle utilise souvent, en bonne Picarde, la troisième personne quand elle parle à quelqu'un. Une manière très efficace de faire comme s'il était un autre, et donc de le surprendre, de le déstabiliser, voire de lui faire changer d'avis, comme à cet instant pour Jeanne : en entendant l'intruse, elle oublie sa résolution de fuir, elle se croit blottie dans les tendres bras du fils Koupkov. Leur chaleur et leur odeur se mêlent. Ne dépendent-ils pas autant l'un que l'autre des mains expertes du père ? N'éprouvent-ils pas le même chagrin, les mêmes craintes ?

La porte capitonnée du cabinet s'ouvre enfin.

Les deux hommes sortent, le père précède le fils.

Le premier fait signe à Jeanne de s'approcher. Il lui sourit, la prend gentiment par les épaules :

« Fillette, la prochaine fois, il faudra préparer les langes. »

Puis il invite d'une voix pressée M. Dépoitré à le suivre.

20

Dans le train presque vide qui la ramène chez elle (c'est un week-end d'octobre, elle rentre chez sa mère, à laquelle elle ne dira rien de sa visite chez le docteur Koupkov), son esprit vagabonde.

Au village, la maison de Daniel était séparée de celle de Jeanne par l'école. Il était le voisin le plus proche. Jeanne venait jouer au jokari sous ses fenêtres. Parfois, il la rejoignait. Elle était encore une gamine, il était adolescent ; elle jouait mal, il jouait bien. Plus beau, plus agile n'existait pas. Jamais il ne s'était moqué de sa maladresse, ni de ses joues en feu quand il approchait d'elle.

Daniel avait dix-huit ans en 1956.

De l'autre côté de la Méditerranée, les rangs des moudjahidines grossissaient. Les événements d'Algérie avaient pris la tournure d'une guerre. En mars, à Paris, le Parlement, majoritairement de gauche, votait une loi sur les pouvoirs spéciaux : les effectifs de l'armée passèrent à trois cent cinquante mille hommes, la durée du service militaire fut portée à près de trente mois. En novembre de cette année-là, Raoul Salan, ancien d'Indochine, était promu commandant en chef de «la pacification» de l'ancienne Numidie, nommée Algérie en 1839 par les Français. Le même mois, Daniel reçut son ordre de mobilisation.

1957: les ultras d'Algérie multipliaient les attentats, terrifiant la population. Les intellectuels parisiens conspuaient Albert Camus qui avait osé dire, lors des interviews qui avaient suivi la cérémonie de réception de son prix Nobel: «Si c'est cela la justice, je préfère ma mère.» Daniel, qui pensait sans doute la même chose, fut tué en janvier de cette année-là. On rapatria son corps. La cérémonie débuta dans la grande cour de sa maison.

Amis, voisins, l'école au complet, Jeanne et sa mère, venues pour l'enterrement, formaient un large demi-cercle face aux trois silhouettes vêtues de noir des deux parents et du jeune frère du défunt. Loin les uns des autres, courbés, presque cassés en deux, ils fixaient le sol. La mère avait posé sur sa tête un grand voile noir transparent qui lui tombait jusqu'aux épaules et sous lequel on apercevait parfois le fantôme livide de son visage. Ils attendaient dans le froid, les coups de vent faisaient voler son voile, lorsque tout à coup la porte d'entrée de la maison s'est ouverte, le cercueil est apparu. Quatre jeunes hommes l'ont porté à petits pas jusqu'au centre de la cour et l'ont déposé sur une sorte de support métallique. La mère est tombée comme un bloc de pierre.

Que s'était-il passé ensuite ?

Jeanne ne sait plus. Elle avait pourtant onze ans. Elle constate que ce souvenir, cette histoire, s'arrête là. Elle n'a aucune idée, elle ne trouve aucune trace de ce qui s'est passé après avoir entendu le bruit creux de cette tête heurtant la terre damée de la cour.

21

Jeanne regarde par la fenêtre, une forêt de chênes, de hêtres, de merisiers, de charmes aux robes d'apparat tremblantes et chamarrées de rouge rubis, d'or, de bruns bleutés, de vert, de rose violacé, de noir humide et brillant, défile sous ses yeux.

Kamyak !

Ce mot éclot brusquement sur ses lèvres.

Il lui vient du *Mahabharata,* qu'elle est en train de lire et qui la captive, autant qu'on peut l'être d'une saveur nouvelle, rare, sans égale, qui, après avoir ravi tous les sens, se fixe dans la mémoire. Elle en a récemment découvert les épisodes les plus célèbres, dont « La partie de dés ». Elle oppose deux clans, les Kaurava et les Pandava. Ils se haïssent depuis toujours. Les premiers ont pipé les dés. Ils condamnent les vaincus à douze ans d'exil dans une forêt appelée Kamyak.

À celle que traverse le train de Jeanne succèdent des étendues de champs labourés. Daniel n'est pas mort dans ces champs d'honneur. Il ne gît pas parmi les milliers de jeunes soldats tombés en Picardie au cours des deux dernières guerres mondiales. Jeanne se demande si notre monde a connu un temps sans guerre, elle qui est si fâchée avec les chiffres, on se souvient de la rose des vents, si oublieuse des dates, un véritable désastre.

22

Un rideau de peupliers, puis une rangée de haies rabougries cachent maintenant, pour quelques secondes, le paysage plat et morne des champs sans arbres, sans ruisseaux, sans chemins, qui s'étendent à perte de vue jusqu'à la ligne d'horizon gris fer, presque noire, qui les borne. Ces terres de rapport, de rendement, tellement toxiques que les agriculteurs interdisent à leurs enfants de se rouler dans les talus qui les bordent, amplifient la détresse de Jeanne. Elle ne sera plus jamais la petite fille chérie de sa mère. La confirmation de sa grossesse ravive ce souvenir et sa perte.

« Ressaisissez-vous ! Vous êtes arrivée, voyez bien, quand même ! Allez, ouste, dehors », tonne alors cette Mêle-Brin qui n'a pas quitté Jeanne d'une semelle.

Celle-ci s'exécute. Et tandis qu'elle marche vers sa maison, sur la grande allée qui longe la forêt automnale, le marasme qui l'accable depuis sa visite chez le docteur Koupkov s'accroît. Obstruant la ville, les immeubles, les trottoirs, une sorte d'immense toile se tend devant elle, l'empêche d'avancer ; au loin, les Pandava dorment, épuisés par les combats qui annoncent leur prochaine victoire sur les Kaurava ; au premier plan, trois guerriers du clan bientôt vaincu se glissent en silence dans le campement endormi et, comme à l'abattoir on tue des animaux, ils se jettent sur leurs ennemis inconscients, écrasent leurs parties vitales, disjoignent leurs os, leurs muscles, broient leur chair et les décapitent afin qu'ils ne puissent jamais rejoindre le ciel. Les cris de surprise, les gémissements de douleur et les râles des agonisants se raréfient peu à peu, l'immense toile s'affaisse, Jeanne titube avant de reprendre lentement sa marche.

L'espace de quelques secondes, elle s'imagine chez le père Koupkov, nue sur la table d'examen. Lui, appuie ses bras le long de son torse et les y maintient avec de grandes bandes de papier blanc enduites de colle. Puis il l'engage à poser ses pieds dans les étriers et les y attache à l'aide de cordes tenues par un étrange système de poulies dont elle perçoit le roulement. « Ce ne sera pas long, dit-il gentiment, juste un peu désagréable, peut-être… »

Un vieux libertin fouille le sexe d'une fillette, l'amante droguée de son fils : Jeanne se dégage avec peine de cette scène poisseuse, digne d'un film porno amateur, où son avortement est un viol, transfiguré en rituel gothique.

Il lui faudra marcher longtemps pour retrouver son souffle, et se souvenir que, dans le *Mahabharata*, la guerre qui oppose les deux clans et dont fait partie l'atroce carnage est comparée à un sacrifice. Comme si, constate-t-elle avec effroi, avec dégoût, il fallait à tout prix recouvrir du voile du sacré la violence et le sadisme pour les représenter, leur donner sens et, finalement, s'y résigner.

23

JEANNE N'EST PLUS très loin maintenant de la maison maternelle et cette proximité la ramène quelques jours plus tôt à Paris, lorsqu'elle haïssait sa mère de ne pas avoir deviné sa grossesse, tout en voulant à toute force garder celle-ci secrète. Après le verdict du docteur Koupkov, elle redoute maintenant de s'effondrer, de tout lui dire, d'être lamentable.

Ce qui lui vient à l'esprit est pire encore. Elle imagine que du premier coup d'œil sa mère saura de quoi il retourne, elle percera les causes de «l'embonpoint» de sa fille, elle se fâchera, s'emportera. Jeanne ripostera, accusera sa mère de n'avoir rien vu, de ne pas prendre soin d'elle, de ne pas l'aimer et celle-ci, blessée, en colère, la reniera, la chassera de la maison.

Où aller ?

Jeanne panique, regarde autour d'elle.

Elle n'a nulle part ailleurs où aller, elle n'a pas d'autre refuge.

Mais la douceur rassurante et maintenant presque à portée de main de sa chambre, de son lit, de ses livres, de sa musique, monte en elle, et la délivre de ce mélodrame improbable qui a fondu quelques millièmes de seconde peut-être, guère plus, sur elle.

Elle accélère alors le pas et, à quelques dizaines de mètres de sa maison – un cube sans âme, construit à la va-vite et distraitement posé sur un terrain vague –, un épisode merveilleux de la partie de dés pipés lui revient en mémoire, cette fois pour la distraire de cette laideur.

En jouant aux dés, Yudhishtira, le frère aîné du clan des Pandava, vient de tout perdre : ses esclaves, ses éléphants, ses palais, ses terres, son royaume, ses frères et jusqu'à Draupadi, l'épouse qu'il partage avec ses frères. Son rival depuis toujours, le frère aîné des Kaurava, exulte. Bientôt, il contraindra les Pandava à l'exil dans la fameuse forêt de Kamyak, celle que Jeanne a cru reconnaître à travers les fenêtres de son train.

Mais, auparavant, le traître ordonne que la jeune et belle épouse des perdants se présente à sa cour. Elle arrive, haletante, son immense chevelure défaite, son sari en désordre, et voilà que le vainqueur exige qu'elle soit déshabillée, exposée aux regards de tous. C'est alors qu'intervient Krishna. Au fur et à mesure que les voiles de Draupadi lui sont arrachés, il les remplace aussitôt par d'autres.

Au moment où le jeune dieu bleu, le joueur de flûte, intervient pour empêcher que la captive ne soit violée, Jeanne atteint la porte du logis de sa mère et y trouve enfin refuge.

Ce même Krishna la sauvera plus tard du pire de ses cauchemars.

24

Depuis la rentrée universitaire, Jeanne retrouve son amant chaque lundi à la gare de Duzières, dans le train saturé de fumée qui les conduit à Paris. Jeanne lui garde une place assise, ils se nichent l'un contre l'autre, deux oisillons retrouvant leur nid.

Ce lundi-là, après des baisers et des petits mots enchantés, on peut entendre, *Lui* (chuchotant, attendri) : Préparer les langes ! C'est son truc ! Ne pas contrarier la nature. *Elle* : Qu'est-ce qu'il compte faire ? *Lui* : Il a dit que, si on recommençait, il ne lèverait pas le petit doigt. *Elle* (effarée, élevant la voix) : Mais la question n'est pas là ! *Lui* (affirmatif) : Il va nous aider. *Elle* (le souffle lui manque) : Tu sais quand ? *Lui* : On doit en reparler. *Elle* : T'as bien une idée quand même. *Lui* : Oui et non. *Elle* (perdue) : Oui et non ! Il va nous aider, oui ou non ? *Lui* : Oui, il va nous aider. *Elle* (de nouveau sans voix) : Mais quand... *Lui* : Peut-être que ce sera pas lui... *Elle* (affolée) :

Qui d'autre alors ? *Lui* (la serrant fort) : T'en fais pas, ça se fera. Regarde ce type-là à gauche, le manchot, il roule sa cigarette à toute vitesse. *Elle* : Je peux plus fermer ma jupe.

Jambes allongées parmi d'autres jambes allongées, les voyageurs qui vont travailler à Paris ou ses banlieues s'endorment souvent, laissent tomber leur Gauloise ou leur roulée et se réveillent en sursautant, inquiets et confus. Ce train somnolent, bondé, chaud, âcre de fumée et dont les vitres brouillées empêchent de savoir où l'on est, ne rend pas l'anxiété de Jeanne moins vraie, mais l'amortit comme un coup reçu à travers un édredon, si bien qu'elle est presque parfaitement apaisée malgré ce dialogue inquiétant avec son amant.

À tout moment, elle peut se blottir contre sa veste, une veste singulière que son père lui fait faire chez un tailleur d'après le modèle que portait son propre père, un peintre russe ; une veste longue, croisée, à col châle, en lainage écossais aux tons brun et rouge, qui dégage une sensation de chaleur et d'extrême confort. À tout moment, elle peut lever la tête et contempler son beau visage extravagant, long et osseux, ses pommettes hautes, ses sourcils immenses, ses yeux couleur de châtaigne, ses cheveux souples, abondants, la pâleur de sa peau où le sang arrive en taches irrégulières et presque maladives dans le creux de ses joues, sa bouche plus rouge encore, aux lèvres pulpeuses et soyeuses qui explosent comme un obus. Sous la veste, elle sent l'odeur suave de sa peau et son grain si fin. Malgré ses réponses évasives, elle a confiance. Leur amour ne ressemble à aucun autre. Un torrent les emporte. Une brûlure. N'est-elle pas toute petite et lui un presque géant, avec son corps maigre d'adolescent de presque deux mètres ? Ils sont fous d'amour ! Ils sont l'un pour l'autre l'événement le plus décisif et le plus prometteur de toute leur existence. Dans la rue, les gens se retournent sur eux pour s'assurer qu'ils n'ont pas d'ailes, qu'ils sont de ce monde. Leur extrême jeunesse évoque pureté et innocence. Ils forment le contraste le plus violent avec leurs visages et leurs silhouettes aux antipodes l'un de l'autre et pourtant on les croit frère et sœur.

Depuis la consultation du vendredi, ils ne se sont pas revus. Or, c'est le week-end surtout qu'ils se lèchent comme des chatons ; à Paris, ce n'est pas commode, ils ne vivent pas ensemble et ils ont leurs cours, lui aux Beaux-Arts, elle à la Sorbonne.

Ce matin-là, il lui suggère donc d'aller à l'hôtel. Elle accepte.

Quand il a de la fraîche, de fait il en a presque toujours, il arrive qu'ils passent leur lundi dans un petit hôtel du Quartier latin avant d'attaquer la semaine. Il leur faut toujours tromper le tenancier avec des faux papiers d'identité. Son amant les bidouille pour les vieillir, il est très doué en bidouillages ; Jeanne redoute un peu cette épreuve dont ils sortent cependant toujours triomphants.

Avant de quitter l'hôtel, il lui propose de lui présenter sa grand-mère. Il vit chez elle, boulevard Raspail. Il l'adore.

Ils décident que ce sera mercredi, à l'heure du goûter.

25

« Jeanne ! dit la vieille dame en fermant le livre qu'elle lisait à la grande table de la salle de séjour, les poings appuyés sur son menton. C'est donc vous ! Approchez ! »

Ses petits yeux clairs, mobiles et curieux, dévisagent la nouvelle venue pendant qu'elle déplie lentement de sa chaise son grand corps massif et déformé. Elle est habillée de vêtements lâches, usés, de couleur indéfinissable, et chaussée de grosses pantoufles qui ont vécu elles aussi, mais très vite son regard, son visage, avec ses lèvres finement ourlées, son menton autoritaire, son grand nez et ses cheveux blancs distraitement rassemblés en chignon, captent toute l'attention. À peine sont-ils assis tous trois qu'elle adresse à Jeanne un feu roulant de questions, qu'apprend-elle à la Sorbonne, qui enseigne, comment, pourquoi a-t-elle fait ce choix. « Fais donc visiter l'appartement à ton amie, pendant ce temps je vous prépare mon pain perdu au camembert», dit-elle à son petit-fils en se levant brusquement.

Jeanne, qui venait parfois dormir avec son amant, la nuit, en cachette, n'avait pas vu grand-chose de cet appartement du boulevard Raspail, car il était toujours plongé dans le noir; elle constate cet après-midi-là combien il est patiné de fumée de cheminée et sans doute de graisse de camembert, en particulier le couloir qui dessert le cabinet de toilette, la cuisine et sa chambre à lui. Sur les murs de ce couloir, elle découvre des dizaines et des dizaines de très petits tableaux, serrés les uns contre les autres, légèrement jaunis par cette même patine et tous au même format; ils représentent d'immenses plaines de neige que l'on ne distingue du ciel qu'après un long moment d'observation au cours duquel il arrive que là-bas, à droite, un petit bouquet d'arbres flétris se détache lentement; à moins que tout près, là devant, un chemin, une sorte de talus, une élévation mystérieuse se laisse deviner; ou encore qu'apparaisse peu à peu, dans cet autre tableau, le plus saisissant, une silhouette emmitouflée, immobile, jusqu'alors totalement indistincte de la neige.

Quand ils sont assis de nouveau, la vieille dame approche son plat aux coulures de beurre et de fromage fondus sur de grandes tartines de pain grillé et ressert son thé amer et brûlant :

« Koupkov n'a peint que sa Russie natale, dit-elle. La neige. Le silence… J'y vois, moi, la promesse du printemps, cette neige va fondre, ruisseler, abreuver la terre, gonfler les cours d'eau. Qui peut se prononcer raisonnablement sur cette peinture ? C'est comme l'âme russe, n'est-ce pas ? Les Français sont persuadés que tous les Russes sont pieux, sales, cruels, paresseux et pleurent pour un rien. Quelle ânerie. Sergueï Koupkov se battait comme un diable ! Mais les Parisiens ne raffolaient que de Chagall. Tellement pittoresque, n'est-ce pas ? Et plein de vie, d'alacrité ! Ils ont trouvé sa peinture austère, monochrome, répétitive, pas assez démonstrative… Certains la classaient parmi les impressionnistes, d'autres parmi les abstraits, tout le monde parlait de Koupkov et de sa neige, personne ne lui achetait ses toiles. »

Après cette colère, cette invective, elle éclate de rire en s'adressant à son petit-fils :

« Tu le sais, toi ! Il s'est mis à boire, à boire comme un Polonais ! Et un matin d'hiver on l'a retrouvé saoul et mort de froid dans un caniveau. Pas loin d'ici. À l'époque, ton père était encore très jeune… Mes enfants, je suis fatiguée ! Je vais dormir ! »

Jeanne prend congé elle aussi.

Dans le couloir, des pas précipités, une charge de cavalerie, se rapprochent d'elle et, avant de faire volte-face, elle reçoit un formidable coup de pied dans les fesses. La grand-mère riait, riait. « Ah, mais c'est que je peux encore courir ! Ne t'offusque pas, fillette, c'est pour te souhaiter bonne chance ! À la russe ! Là-bas, quand un ami part, on lui botte le derrière et plus ça fait mal, mieux c'est ! »

26

Plus tard, comme convenu, Jeanne gratte à la porte. Il vient lui ouvrir. Ils traversent le couloir sur la pointe des pieds et s'enferment dans sa chambre. Le lit n'est pas fait, c'est le foutoir. Des carnets de croquis traînent partout. Il ouvre un petit sac en cuir et en sort un spéculum, des pinces, une lampe de poche et une mèche de coton enroulée.

Elle : C'est quoi ? *Lui* : Tu vois bien. *Elle* : Non. *Lui* : C'est moi qui vais... *Elle* (la main devant sa bouche, pour ne pas crier) : Toi ? *Lui* : Oui, mon paternel veut pas le faire. *Elle* : Tu plaisantes ! *Lui* : C'est trop risqué pour lui. *Elle* (abasourdie) : Et pour toi ? C'est pas dangereux ? *Lui* : Je suis pas médecin. *Elle* : Et pour moi ? Il est fou. *Lui* : On n'a pas le choix. *Elle* : Demandons à ton copain. *Lui* : J'ai pas confiance. Sa copine a failli claquer plusieurs fois. Mon père m'a tout expliqué. C'est un jeu d'enfant. Il suffit de faire pénétrer cette mèche, et le fœtus tombe... *Elle* : Le fœtus tombe !

Lui: Jeanne, arrête de répéter ce que je dis ! Regarde-moi : je ne me suis jamais planté en te faisant des intraveineuses, d'accord ? *Elle* (d'une toute petite voix, d'une voix de coupable, mais qui accuse) : Ça marche pas toujours. *Lui*: Le paternel me l'a dit, c'est plus risqué que d'installer une mèche. *Elle*: Ah... Et ça marche tout de suite ? *Lui*: Il faut attendre quelques jours. Parfois il faut recommencer. *Elle*: Recommencer ! Combien de fois ? *Lui*: Tout se passera bien, Jeanne. Dès que tu saignes, on file à Duzières pour le curetage. C'est le plus délicat… On commence maintenant ou un autre jour ?

Jeanne assise sur le bord du lit, tenant une lampe électrique pour éclairer les manœuvres de son amant, doute qu'il s'agisse vraiment d'elle et pense au condamné à mort, mains ligotées, yeux aveuglés par un bandeau, ne sachant pas ce qu'est la mort, doutant de sa véracité dans l'instant qui la précède, refusant de croire qu'il s'agit de lui.

Comme elle y va !

Il est vrai que cette cordelette de coton blanc laborieusement enfoncée dans le col de son utérus est porteuse de mort. Il est vrai aussi que, comme pour le condamné, la situation entière lui semble irréelle. D'abord, elle n'y a pas été préparée. Elle a été exclue des conciliabules du père et du fils derrière la porte capitonnée du cabinet médical.

Il y a aussi la proximité de la grand-mère insomniaque.

Mais ce qui la perturbe plus encore et qu'elle ne parvient pas à comprendre, ce sur quoi elle bute comme contre le silence de la mort, c'est qu'un médecin délègue à son fils qui ignore tout de la médecine le soin d'avorter sa petite amie.

Bien sûr, elle pense au risque qu'elle court aux mains de son amant inexpérimenté.

Bien sûr, elle a mal lorsqu'il pince le col de son utérus pour y introduire la mèche et plus mal encore lorsqu'il pousse pour qu'elle y pénètre. Mais la complicité, l'entente, la collusion du père et du fils lui font plus mal encore. Tout près d'eux, avec son sourire irrésistible et ses dents éclatantes de blancheur, le premier guide la main du second. Elle se souvient alors du *Mahabharata*, de la tradition indienne, dans laquelle le sacrifiant, le maître de maison, recourt à des exécutants pour accomplir un sacrifice, et en récolter les fruits.

27

Il a fallu recommencer quatre fois, car la cordelette ne parvenait pas à déloger le fœtus, quatre fois espacées d'une semaine. La dernière est particulièrement laborieuse dans la chambre pas chauffée de novembre.

Jeanne s'est allongée.

Ils se taisent.

À peine s'ils se regardent.

Le fœtus s'accroche comme on dit.

Ils sont donc trois.

Il vient s'asseoir près d'elle avec son stylo et son carnet de croquis. Il sait qu'il fera mieux que la distraire, il la fascine, lorsque sans lever la main, sans tâtonner, d'une seule traite, il fait surgir des assemblages saisissants, grotesques, monstrueux, de muscles, d'organes, de membres et de parties de visage, tapis, semble-t-il depuis longtemps, dans sa tête, et attendant qu'il les en sorte.

Pour la première fois, ce collier d'yeux hagards qui serre un cou, cette main énorme qui troue une poitrine pour agripper une verge fichée dans une aisselle, cet orteil gonflé, difforme, enraciné dans une chevelure, cette fleur vénéneuse, ce délicat pavot, porté par une longue tige et jaillissant des lèvres d'une vulve ouverte, répugnent à Jeanne.

Pour la première fois, elle pense que le fils mime le père en disposant ainsi, avec un savoir consommé, les différentes parties des cadavres que celui-ci aurait découpés, incisés, disloqués, sur la table d'anatomie, elle croit que les monstres qui s'échappent de son amant et dont la meute grossit sans effort viennent de son géniteur. Cette transmission macabre lui fait comprendre aussi pourquoi le petit-fils est indifférent à la neige magique de son grand-père.

28

Dans le métro qui la ramène chez elle, Jeanne refoule ses idées noires, elle veut revivre sa rencontre avec le fils Koupkov, le début de leur histoire. Il y a un an.

Elle était au café avec sa copine de lycée. C'était l'hiver, il faisait très froid, lorsqu'elle a vu tout à coup collé à la vitre de la porte d'entrée un visage déformé d'où sortaient de grands nuages de buée. La porte s'est ouverte, un homme jeune, très grand, habillé tout en noir, a levé son bras et lancé un projectile qui traversa la salle et vint se ficher en vibrant dans la table devant elle.

C'était un couteau à cran d'arrêt.

Son propriétaire s'est tranquillement avancé vers elles. Il riait en sortant la lame de la table. Puis il leur a offert une tournée.

Ni Jeanne ni sa copine n'avaient jamais vu de scène aussi étrange; bouches bées, elles finirent par se détendre pendant qu'il glissait des pièces dans le juke-box. Ils écoutèrent *I got a woman (that's good to me…)* par Ray Charles, *Sixteen Tons* de Tennesse Ernie Ford, Fats Domino et encore Ray Charles.

Il était beau, drôle et en pinçait clairement pour Jeanne.

Ils se sont vus jusqu'au début du printemps. Ils prenaient des pots ensemble, ils s'écrivaient des lettres. Puis il a disparu.

Elle ne l'a pas tout à fait oublié quand une amie l'invite à une boum. Après avoir salué tout le monde, offert des boissons, cette amie la prend par la main et la conduit vers une porte fermée en chuchotant : « Ouvre. Il y a une surprise pour toi. »

La surprise, c'était lui. Il était radieux, ironique, le sang de ses joues était encore plus rouge. Il fumait une pipe de tabac anglais qui sentait le luxe et les fleurs sauvages et dont il avait habillé le fourneau d'une fourrure noire et légère qui voletait. Ils ne sont pas tombés dans les bras l'un de l'autre, leurs bras étaient coupés, leurs jambes aussi ; ils n'ont pas échangé leurs regards, leurs âmes entières se déversaient l'une dans l'autre, se mêlaient pour n'en faire qu'une. Comment dire autrement cette fusion fulgurante, leur brûlante allégresse ?

« J'ai fait une connerie, lui dit-il d'une manière qui faisait croire qu'il n'en ferait jamais plus. J'ai volé une voiture, j'ai eu un accident, je n'avais pas de permis. J'ai passé cinq mois à la centrale de Melun. J'en sors.» Quelques instants plus tard, ils étaient dehors sous un grand arbre. Ils philosophaient en quelque sorte par des baisers et des paroles qui changeraient leur vie.

Quand ils se séparent, le monde lui semble vide, les gens insipides, elle se sent mourir. Alors il surgit! À des kilomètres de Duzières, une nuit d'été, après avoir sauté le muret de pierres du jardin de la maison de sa grand-mère, où elle est venue dormir; à Paris, lorsque, pour signifier qu'il veut la voir, il lance des petits cailloux à la fenêtre de l'appartement où son professeur de lycée, qui veut qu'elle réussisse, lui donne des cours gratuits de grammaire allemande; l'autre soir, dans la chambre de bonne de sa tante… Combien de fois a-t-il devancé leur rendez-vous, alors qu'il ne savait pas où elle était? Il ne savait pas, elle en était certaine. Il devine. Il l'assiège. Lui non plus ne peut pas se passer d'elle.

29

À L'ÉPOQUE, Jeanne est obsédée, on l'a compris, par les épisodes les plus fameux du *Mahabharata* ; cependant, elle continue d'admirer sans réserve Stendhal, Rimbaud (Ô ! « Le Dormeur du val »), Guillaume Apollinaire.

Lui, c'est plutôt Bakounine et Fantomas.

Mais ils se découvrent des passions communes : Blaise Cendrars, André Breton.

Un jour prochain, ils feront le tour du monde, ils chasseront la baleine sur un cargo en affrontant des tempêtes inouïes, ils découvriront des îles, ils feront halte dans des ports bruyants et dormiront dans les chambres minuscules et sales d'hôtels grand ouverts sur la mer.

Au présent, ils jouent au « cadavre exquis », font des séances d'écriture automatique, lisent à voix haute *Nadja* et *L'Amour fou*.

Eux aussi se sont perdus et retrouvés, comme cette passante que le poète bouleversé perd de vue et recroise miraculeusement. Pour eux aussi, l'amour est une déflagration unique qui ne finit qu'avec la mort. Eux aussi sont le jouet du hasard objectif décrit par leur idole, qu'ils guettent en vain toute une journée de cet automne devant sa porte de la rue Fontaine.

Dans le métro, c'est ainsi que Jeanne s'allège du père, du fils et de son corps en guerre.

30

Fin novembre. Depuis vingt-quatre heures, Jeanne garde le lit dans la grande chambre qu'elle loue avec son amie musicienne. Elle a commencé à saigner, à avoir très mal au ventre. La première nuit, il dort près d'elle. Une nuit hirsute avec fièvre, sueurs, grelottements, trous noirs, brèves insomnies. Quand elle se réveille, le lit est vide.

Deux jours ont passé. Le filet de sang est un peu plus gluant, un peu plus épais. Quand elle se lève pour aller aux toilettes, elle veille à ne pas faire de bruit. Elle grelotte. Sa chemise de nuit dépasse du manteau dont elle s'est revêtue ; elle aperçoit leur logeuse quand elle marche sur la pointe des pieds devant sa porte toujours ouverte. Éclairée par une grosse ampoule, celle-ci lui tourne le dos, penchée sur sa table ; perles, sequins, mouches, fils d'or et d'argent, patrons, sont éparpillés autour d'elle. Il fait humide et glacial. Ni le couloir, ni la salle de bains, ne sont chauffés, son atelier non plus. C'est dans ce froid qu'elle agence, coud, brode, incruste cols, poignets, encolures, bordures de robes.

Dans la nuit, il est revenu. Ils ont dormi l'un contre l'autre ; à son réveil, il a disparu.

Elle traverse en alternance des pics de violence et des moments d'accalmie. La chambre lui semble alors plongée comme elle dans un demi-sommeil, une chambre paisible, comme mise sous cloche.

Depuis qu'elle est alitée, sa colocataire, son amie, n'a pas ouvert son piano. Elle nourrit le feu, va acheter du bois et encore du bois chez le bougnat. Elle rafraîchit le front de la malade, la fait boire. Et quand elle s'assied près de la cheminée pour lire, elle tourne lentement et sans bruit les pages de son livre.

Le soir du troisième jour, Jeanne voit près de la cheminée son amant et son amie qui parlent tout bas. Elle en ressent une sorte de jalousie, que se disent-ils, pourquoi si bas ? Mais elle s'assoupit.

La nuit, les contractions se déclarent, il dort par terre, au pied du lit.

Le matin du quatrième jour, inondée de sueur, claquant des dents, saignant plus encore que la veille, Jeanne est si faible qu'elle a besoin de l'aide de son amie pour aller jusqu'à la salle de bains ; elles marchent comme deux petites vieilles, à tout petits pas, dans ce couloir de glace. Quatre jours, c'est très rapide pour devenir si faible.

Pendant qu'elle dort l'après-midi, il disparaît.

La fièvre monte.

Où est-il, demande Jeanne, que lui est-il arrivé ?

L'amie ne sait pas.

Jeanne s'épouvante.

Qui mourra ? Moi ou l'enfant ?

Nous deux ?

Ça arrive. Mourir à deux.

La fièvre monte.

Quand ai-je décidé ?

Elle ne sait plus ! Elle sait pourquoi, mais elle ne sait plus quand elle a dit oui, le jour, l'heure, le lieu où elle a pris sa décision, sa mémoire se disloque comme son corps.

La fièvre s'emballe.

Comment aller à Duzières ?

Et l'argent ? Elle n'a pas d'argent pour payer le taxi. Que dire au chauffeur ? Elle imagine des bouchons, du verglas, un accident, la voiture bloquée, elle a de plus en plus mal, le sol est maculé de sang, son odeur de fer, sa chaleur épaisse la font vomir, où est son amant, elle a besoin de lui, elle le veut près d'elle.

Puis la nuit arrive. Les contractions se rapprochent, la font pleurer.

Entre chacune d'elles, sonnée, elle bredouille : « Mon petit, mon petit ! »

Un parfum puissant, musqué, poivré, piquant, étourdissant, des centaines de petites boucles blanches montées en pyramide, une mousse de boucles lumineuses dodues pressées les unes contre les autres arrêtent sa supplique.

Tout près du visage de Jeanne, une immense gerbe de fleurs de lilas.

Pendant quelques secondes, elle se croit saine et sauve dans un jardin de printemps.

Il est tôt le matin.

« Il faut partir », dit-elle.

Il hésite.

Il n'a pas d'argent.

« Mais ton père paiera ! » crie l'amie exaspérée.

Elle sort chercher un taxi :

« Foutez le camp, foutez le camp tout de suite ! dit-elle. Le taxi vous attend. »

Enfin ils partent à Duzières.

31

Jeanne se souvient d'un voyage interminable, des masses de neige fondue s'écrasent sur la voiture, une odeur de plastique froid se mêle à sa propre odeur de sang et de peur ; elle repousse son amant lorsqu'il s'approche d'elle, être touchée par lui, être effleurée même lui est insupportable, elle a très mal, elle a plus mal encore, elle pleure de peur, de mourir peut-être, d'être seule à mourir, puisque l'enfant est mort. Elle a oublié en revanche son arrivée au cabinet du docteur Koupkov, sans doute s'est-elle évanouie.

Elle se réveille l'après-midi au premier étage de la maison, dans la chambre de son amant.

Sur le mur, juste en face de son lit, un portrait magnifique de l'émir Abdelkader.

Elle l'avait vu déjà, sans y prêter attention. Mais là, le regard ardent, résolu et apaisé de l'émir la subjugue. Elle ne sait pas grand-chose de lui, quelques souvenirs d'école : sa défaite par le duc d'Aumale, ses années d'emprisonnement, avec sa *smala,* dans le glacial château d'Amboise… La petite légende, encadrée aux côtés du portrait, l'éclaire enfin. Ce regard, est-il écrit, est celui du «pionnier de la résistance algérienne, du cavalier et du stratège remarquable, du pieux sufi, du lettré épris de vérité et de science et homme de dialogue avec l'Europe».

Est-ce un songe?

Jeanne ferme et ouvre plusieurs fois les yeux à toute vitesse pour vérifier.

Et la dernière fois qu'elle les ouvre, son amant est assis à côté d'elle, sur le bord du lit, il lui caresse tendrement le visage:

«Jeanne! Regarde les lilas!

«Est-ce que tu sens leur parfum?»

Il effleure sa bouche:

«Tout s'est bien passé. Je reviens.»

Non, tout ne s'est pas bien passé... Et pourquoi part-il encore, pourquoi ne s'arrête-t-il pas de disparaître? proteste Jeanne à nouveau foudroyée de sommeil.

Mais avant de céder, de fermer les yeux, elle le voit s'éloigner. Lorsqu'il franchit la porte, elle l'entend dire:

«Il paraît que c'était un garçon.»

Il avait le don des blagues burlesques.

32

Après plusieurs heures de sommeil, Jeanne se sent mieux, elle se lève, un peu chancelante quand même. Le silence règne. Elle parcourt l'étage de la grande maison qui sent bon la cire ; personne dans les trois autres chambres, bourrées de meubles, tableaux, sculptures, livres, bibelots, tapis... Au rez-de-chaussée, elle traverse la grande cuisine, puis l'immense salle à manger et, enfin, le salon rouge, meublé de somptueux meubles picards. Personne ! Ni le père, ni le fils, ni les autres enfants. Pas même la gouvernante.

Elle pense à sa mère qui l'attend comme d'habitude le vendredi.

Elle décide de partir.

Désemparée, hésitante dans cette maison vide où personne n'est là pour lui offrir même de s'asseoir et boire un verre d'eau, ne parlons pas de la réconforter et de la conseiller sur ce qu'elle devrait ou ne devrait pas faire, elle rassemble ce qu'il lui reste de forces pour imaginer dans le plus petit détail le voyage qu'elle va entreprendre pour rejoindre sa mère.

Puis elle se décide. Elle ouvre la porte de la maison, se retrouve dans la salle d'attente, qu'elle traverse à pas lents, puis dans la rue. Déconcertée que personne ne la suive, d'être seule vraiment, elle marche à tout petits pas dans cette rue qui conduit au pont, et ralentit encore lorsqu'elle traverse le pont qui conduit à la gare. Elle a totalement oublié comment elle est montée dans le train, s'y est assise, en est redescendue et comment elle est parvenue à la maison maternelle : elle pilotait du vide.

Lorsqu'elle arrive à destination, elle dit à sa mère qu'elle ne se sent pas bien, qu'elle veut se coucher. Quelques minutes après, par la porte ouverte de sa chambre, elle voit arriver le docteur Koupkov. Il semble affolé. Elle n'a pas pu entendre ce qu'il disait. Après son départ, sa mère vient à son chevet l'embrasser, dors, ma chérie, lui dit-elle.

33

Le train roule très vite dans la lumière brutale qui cisèle chaque détail, du grain de sable en équilibre sur un autre grain de sable, aux longues écharpes de nuages qui s'enroulent sur elles-mêmes, happées par le bleu pierreux du ciel ; nulle ville, nul village, nulle vie, le long de la voie ferrée unique, droite, sans début et sans fin, nulle limite à l'étendue qu'elle traverse de ses rails lisses et étincelants. Le bolide affamé avale tout sur son passage. Ses fenêtres pulvérisées, ses portes sorties de leurs gonds claquent, cognent, valdinguent, parfois se fracassent au sol. Jeanne court, la peur au ventre. Sa longue jupe rouge l'encombre, la freine. Lui, hurle, fulmine, sue, souffle, vomit bouillons de fumée, salves de braises, paquets de cendres. Tout près, derrière elle, Jeanne entend un souffle haletant, un galop de sabots. Elle tourne la tête et voit une vache immense, affolée et haineuse. Des gouttelettes de sang et de sueur fusent tout autour d'elle. Sa blessure est vieille comme la lumière. Le sang encercle ses sabots comme des bracelets de pied. Le train accélère toujours plus, plaque de droite et de gauche ses deux passagères contre son acier brûlant. Dans un de ses soufflets, là où, dans l'obscurité et le tintamarre le plus effroyable, les wagons sont accrochés l'un à l'autre, Jeanne trébuche. L'odeur aigre de l'étable, le râle de la bête blessée sont à deux doigts d'elle. Épouvantée, elle fait volte-face et lui adresse une fervente, une tendre prière. L'animal s'immobilise. Le train ralentit, se recroqueville, se plisse, s'encastre sur lui-même, certaines parties explosent dans le ciel, d'autres surfent sur le sol ; puanteurs du métal fondu, du caoutchouc carbonisé, des tissus en flammes... La nuit tombe. Le temps reprend le contrôle de toute chose.

Avant d'ouvrir les yeux, Jeanne voit le petit dieu bleu, le jeune Krishna, son bel enfant, parfaitement modelé, debout, tendrement appuyé contre le cou intact de la vache, celle qui comble tous les désirs.

34

« On est mère quand on a mis au monde un enfant », avait dit la mère de Jeanne à sa fille quelques jours plus tard.

C'était une forme d'apaisement.

Oui, c'était une forme d'apaisement. Sa mère s'opposait au sens commun selon lequel une femme enceinte est considérée comme mère bien avant qu'elle n'accouche.

Quatre ans ont passé.

Toutes deux sont assises dans des fauteuils en rotin que Jeanne connaît depuis toujours. Sa mère prend son paquet de Balto sur une petite table, allume une cigarette. Jeanne roule une brune avant de lui annoncer que Koios l'abandonne, qu'elle part pour l'étranger.

Surprise, inquiète, sa mère pose mille questions, imagine le pire, avant d'encourager sa fille à s'exiler. Finalement, elle l'envie presque de partir.

Puis, abruptement, elle évoque cette scène : un jour, dans le grand amphithéâtre de la maternité de Port-Royal, notre patron nous a posé cette question : « Mesdemoiselles, quand peut-on dire d'une femme qu'elle est mère ? »

Chacune y est allée de sa réponse. Il les réfutait toutes.

Quand le silence est revenu, il a dit :

« Mesdemoiselles ! On est mère quand on a accouché. »

Puis il en a tiré les conséquences. Très audacieuses pour l'époque.

« Le fœtus ou l'embryon est un organisme vivant. Mais il est incomplet, incapable de vivre. Ne portons pas de jugement sur la femme qui le supprime. Elle n'est pas encore mère. Elle ne le sera que s'il se développe normalement, jusqu'à son terme, et seulement quand elle aura accouché. »

Jeanne découvre ce jour-là, elle en est bouleversée, que, comme Maria à la Salpêtrière, sa mère est aux côtés des femmes qui veulent un enfant et de celles qui ne peuvent pas le vouloir.

« C'était toujours un drame ! Les femmes qui arrivaient étaient abîmées, elles avaient des hémorragies, des infections. Il leur fallait dix, douze jours de soins pour se remettre après leur curetage… Jamais à vif, notre patron y veillait.

«La majorité d'entre elles étaient mariées, mères de plusieurs enfants qu'elles aimaient, qu'elles voulaient élever correctement. La majorité des autres étaient de jeunes célibataires, ouvrières, grisettes, plumetières, brodeuses, petit personnel de cuisine, d'hôtel… Parfois elles étaient modèles, posaient dans les ateliers d'artistes et bien sûr on voyait aussi venir des prostituées.

«Il y avait peu d'adolescentes, comme Sylvie à ton école. Personne ne voulait être fille-mère, la société méprisait les filles-mères. Aucun homme ne voulait d'elles.

«Et comment pourraient-elles travailler avec un enfant?»

En dehors de cette fameuse phrase du patron de Port-Royal qu'elle avait dite le lendemain de son avortement au chevet de sa fille, et sur laquelle elle revient maintenant, sa mère n'a jamais évoqué celui-ci depuis la visite affolée du docteur Koupkov.

Pas plus ce jour-là. Mais elle lui fait entendre qu'elle savait et lui parle d'égale à égale. «Personne ne veut d'une vie invivable», lui dit-elle encore.

Comme par miracle, la beauté rousse du portrait à l'huile accroché sur le mur en face de leurs deux fauteuils baisse l'index qui ferme sa bouche et on ne discerne plus la fumée blonde de la fumée brune de leurs cigarettes.

35

Son avortement n'a pas fait dévier Jeanne de son destin. Elle oublie peurs, souffrances, trahisons, afin de retrouver au plus vite l'amour fou avec le fils Koupkov. Janvier 1964, l'extravagante grand-mère meurt. Peu de temps après, Jeanne vient vivre avec son amant dans l'appartement de la vieille dame à Raspail.

Au fil du temps, imperceptiblement, quelque chose change. Son amant n'est plus tout à fait le même, quelque chose d'autre à l'intérieur de lui prend la place de ce qu'il est. Sans la prévenir, il disparaît plusieurs jours d'affilée au prétexte que l'École des beaux-arts met ses étudiants en loges ; il dort le jour, il affirme que la nuit l'inspire mieux ; il amène à l'appartement des gens louches, des clochards, des filles paumées qu'il prend sous son aile ; avec eux il vole des caisses de vin dans les caves de l'immeuble, il vole les bouteilles de lait déposées chaque matin devant les portes, il joue à la roulette russe avec le pistolet de sa grand-mère et s'agace des protestations, des paniques, des larmes de Jeanne. « Ne prends pas cette tête de martyre ! » Et il la laisse pleurer.

Cependant il concède aux déambulations nocturnes, aux jeux, aux lectures d'autrefois.

Elle prend ces moments pour des retours de flamme et, plus ils deviennent rares et brefs, plus leur pouvoir grandit : quelques miettes d'attention et, tel un agneau que sa mère vient d'allaiter, elle gambade joyeusement et reprend confiance.

À la fin de l'année, Jeanne rate ses examens, les réussit en automne, à la session de rattrapage, et se réinscrit à la fac à la rentrée.

Mais les choses s'aggravent. Il entre dans de brusques colères, violentes et inexplicables. Il lui fait l'amour sans elle, sur un mode insatiable, en lui imposant des fantasmes qui la dégoûtent et la cassent.

Une nuit, il a une crise atroce, il tremble, se tord par terre, pleure, crie. Il la supplie d'aller chercher de l'héroïne chez son copain Fred.

Peu de temps après, à Duzières, le père Koupkov accuse son fils de piller sa collection de pierres précieuses et semi-précieuses. « Je ne veux plus vous voir dans cette maison, hurle-t-il, aussi longtemps que vous ne m'aurez pas rapporté mes cailloux, ma porte sera fermée, je ne veux plus vous voir!» (C'est ainsi que Jeanne est privée de morphine.)

Puis, elle découvre que le père n'a jamais récupéré la mallette d'instruments abortifs que son fils utilise pour se faire de l'argent.

Combien de fois a-t-elle vu son amant pleurer, promettre d'en finir, de se désintoxiquer? Une cure! Oui, il a fait une cure. Il en est revenu transformé. Puis insidieusement ses habitudes ont repris le dessus. Puisque Jeanne les connaît, il ne s'en cache plus. L'aiguille dans son pauvre bras maigre, sa jambe trouée de partout, la recherche angoissée d'une veine, le sang qu'il fait refluer, le flash… Après ses disparitions, il évoque ses extases érotiques avec des junkies comme lui. Plus il la crucifie, plus elle veut le sauver. Bien sûr, elle lâche ses études. Elle a trouvé un petit emploi dans une banque pour assurer le quotidien, payer les factures. Parfois, elle va pleurer auprès des assistantes sociales, inventer des bobards, pour obtenir de l'argent. Elle est l'intendante, l'infirmière et la confidente de son amant. Elle résiste, tel saint Georges, elle terrassera le démon qui l'habite, il redeviendra celui qu'elle aime. Jeanne mise sur les moments de grâce, s'accroche au passé. Le perfide lui recommande de tenir.

36

À LA RENTRÉE de 1965, sainte Jeanne secoue enfin les guenilles qui la retiennent à sa vie misérable. Elle a dix-neuf ans. Elle obtient une bourse d'État, reprend la fac, loue une chambre rue Molière à Paris. Sa mère l'aide à boucler son budget. Lui, part vivre chez son père.

Dans sa chambre de bonne sous les toits, où il faut plier le lit pour s'asseoir à la table, elle découvre dans *Le Parisien,* à la page des faits divers, que « le fils du docteur Koupkov de Duzières » est présumé assassin. Accompagné de deux complices, il était venu cambrioler une vieille dame. Celle-ci s'était défendue, l'un d'eux l'avait étranglée.

Jeanne va au procès d'assises. Il est condamné à quinze ans. Cette sentence a l'effet d'une tempête sur un brasier éteint, les cendres redeviennent brûlantes : à partir de cet automne-là, chaque samedi, elle prend un train pour aller voir le prisonnier.

Chaque semaine, il lui écrit une lettre à l'encre noire sur papier bleu, qu'il orne de ses dessins anatomiques monstrueux dans desquels elle croit pourtant lire qu'il l'aime.

37

MAIS, UN JOUR de neige, en plein hiver, Jeanne fait la connaissance de Koios.

Il est l'opposé du fils Koupkov. La démesure, la triche, les états seconds, les situations limites lui font horreur : Koios ne parle pas avec la mort. Il est doux, lumineux, ordonné.

Jeanne, qui se sait abîmée, ses hémorragies, ses maux de ventre le lui rappellent, ne croit pas qu'un être pareil puisse s'intéresser à elle, elle se sent indigne de lui.

Mais il la convainc. Elle découvre avec lui une espèce d'amour dont elle ne savait pas qu'il pouvait exister. Souvent, elle court dans le métro, les escaliers, la rue, pour rejoindre au plus vite les Vinaigriers et le retrouver, voir son propre reflet dans ses yeux si clairs, goûter le goût frais et laiteux de sa bouche.

Elle espace ses visites à la prison.

Peu à peu, elle cesse d'y aller.

En août 67, elle apprend qu'elle est stérile. Koios ne veut pas d'enfant, ils se quittent. Jeanne voulait tout flinguer, c'est elle qui l'est.

38

«Mais le fils Koupkov aussi se flingue! Le pauvre! Si brillant, si doué, tombé au fond du gouffre!»

Depuis l'épisode du train, la Mêle-Brin s'est tenue en retrait, laissant filer le destin de Jeanne. Là, elle explose, car elle a de la tendresse pour les hommes et, comme on le verra bientôt, elle ne croit pas du tout que les femmes sont condamnées à être leurs victimes.

«Tout est de la faute du père, rétorque Jeanne, qui pense à peu près le contraire. J'en suis certaine. Sa mère était une femme triste, effacée. Elle comptait pour rien. Une petite ouvrière qu'il avait épousée pour sa beauté, c'est comme ça qu'il parlait d'elle. – Elle est pas marrante, son histoire! Pourriez pas faire mieux?» bougonne la Mêle-Brin. Non, Jeanne ne peut pas faire mieux, c'est une sale histoire, une histoire glauque, très désagréable. La mère de son amant était malade quand Jeanne l'a connue, elle est morte peu de temps après. Le père avait fondé une seconde famille, il avait deux autres enfants, ce qui lui en faisait cinq en tout. Il avait mis son aîné dans le coup. Puis Jeanne. Ils allaient tous les trois boire du thé et manger des petits gâteaux chez sa maîtresse, une «petite» commerçante aux seins énormes qui riait aux éclats lorsqu'il lui pinçait les tétons. Des amours ancillaires, aurait dit la mère de Jeanne qui en savait quelque chose. Lui, le père Koupkov, il méprisait sa mère, il était certain qu'elle n'avait rien compris à son avortement, comment veux-tu, une pauvre «petite» infirmière! lui a-t-il dit un jour. Il s'estimait supérieur, au-dessus de la mêlée, se moquait de la bêtise humaine, de la morale, des conventions. Il n'avait pas d'ami. À part ses cailloux. Et son fils aîné. Son héritier, l'héritier de son ogre de père. Riche notable, collectionneur forcené, «bon docteur».

39

Le temps ne comptant pas pour elle, la Mêle-Brin, réapparaît plusieurs années plus tard. C'est un si beau matin de début de printemps qu'il occupe toutes les têtes et revigore même les gens les plus déglingués. Il est tôt. Jeanne est assise à la terrasse du Temps Libre, son café d'élection, place d'Aligre. Il donne sur un square qui refoule les bruits et les odeurs des voitures et d'où elle entend les cris aigus, les rires des enfants et les conversations animées de leurs nounous africaines ou indiennes qui se retrouvent enfin. Envoûtée par les pétales blancs des prunus qui voltigent et voilent les trottoirs de pureté, étourdie par la sève qui monte comme un alcool dans les troncs, les branches et les feuilles des branches, elle reconnaît aussitôt la voix autoritaire de la Mêle-Brin :

« Ma petite, laissons là le fils Koupkov, le père, la mère et sainte Jeanne. Qu'elle me dise plutôt si elle s'en est sortie et qu'on en finisse. »

Avec sa tignasse blanche, sa peau bronzée et légèrement griffée de minuscules rides, sa grande bouche aux commissures tombantes, ses dents abîmées, tantôt noires, tantôt jaunes, son nez un peu crochu de sorcière et ses deux petits yeux, deux billes brillantes et insatiables, profondément fichées dans ses orbites, ses oreilles ornées d'immenses créoles, la Mêle-Brin porte ce jour-là, ce jour de printemps, une opulente, magnifique jupe longue à fleurs bleu-noir bordée d'un bandeau rouge cerise, et bien qu'elle n'existe pas, personne sur la terrasse comme dans la rue ne passe devant elle sans sursauter.

C'est difficile de «raconter» sa vie à un esprit impatient, pense Jeanne.

Enfin, elle dit: «J'ai eu de la chance.»

Puis elle se reprend. «J'ai eu deux chances.»

Elle se reprend encore.

«Non, trois… J'ai eu trois chances.

– Elle sait pas compter ou quoi?» se moque la Mêle-Brin.

40

« Attendez que je rassemble mes esprits ! répond Jeanne en riant. Juillet 70, c'est loin quand même... C'est l'année où je suis rentrée à Paris. D'abord, il a fallu que je me loge. J'avais amassé un peu d'argent. J'ai vite trouvé un studio, ici, à Aligre. Ensuite, je me suis donné du temps.

« Je ne sais plus combien de fois j'ai traversé et retraversé les trente-six ponts de la Seine, Paris ! J'adore Paris, marcher dans Paris, vous comprenez ? J'étais comme un buvard. J'absorbais, je m'imbibais et, plus je m'imbibais, plus j'étais confiante… Mon cœur a bondi lorsque j'ai vu un coussin de fleurs flottant sur la Seine, comme s'il disait : "Regarde comme je suis heureux. Comme nous sommes heureux !"

– Ma petite, vous étiez drôlement barrée !

– Puis, sans l'avoir voulu… Oui, sans l'avoir clairement décidé, je me suis retrouvée un jour boulevard Raspail, là où j'avais vécu avec le fils Koupkov.

Le jour suivant, j'étais rue Molière, je lorgnais le dernier étage, celui des bonnes, où j'avais emménagé après avoir quitté Raspail, et le jour d'après, je remontais le canal Saint-Martin jusqu'à l'écluse d'où part la rue des Vinaigriers, la rue de Koios. Le portail marronnasse et branlant de l'immeuble de Raspail était restauré et peint en laque bleu océan, le bar-tabac PMU de la rue Molière était devenu un restaurant à la mode, genre clinique... En revanche, le trottoir de la rue des Vinaigriers était toujours aussi défoncé... Mais l'effet était le même. Le coussin de fleurs avait disparu.

«Le passé a d'abord joué les discrets, mes années à l'étranger lui avaient porté un coup.

– Ça fait longtemps qu'on a divorcé, lui et moi! s'esclaffe la Mêle-Brin.

– Il a avancé sans que j'y prenne garde. Au commencement, c'étaient par petites touches méchantes, mais espacées: “Alors, Jeanne, qu'est-ce que tu comptes faire maintenant? T'es seule, t'as pas de boulot, pas de mec...”. Puis il s'est lâché: “Bien sûr, ce sont tes organes reproducteurs qui sont fichus, mais on t'a pas dit toute la vérité. De fait, tu es stérile tout entière. Bonne à rien, quoi. C'est pas seulement qu'il faudrait que tu rencontres un cinglé qui accepterait une femme qui peut pas avoir d'enfant... C'est que, depuis ton avortement, t'as plus les moyens de tes ambitions. Tes rêves, tu peux les mettre au placard."

« Alors, j'ai sombré. Je suis redevenue boulimique, comme quand j'étais ado. Je courais m'acheter n'importe quoi, des sandwiches, du saucisson, des gâteaux, du fromage, de la guimauve, n'importe quoi. J'engloutissais ce que je venais d'acheter à la sortie du magasin et, à peine avais-je fini, je recommençais. J'avais une copine anorexique, un squelette vivant, un tas d'os... Ça la faisait planer de se priver, de se vider, alors que moi, je ne me sentais bien que si je m'accordais tout, que si je débordais... Mon estomac n'avait pas faim, moi si. Je me forçais à vomir pour remanger, je m'engraissais comme un cochon, j'étais bonne pour l'abattoir, j'étais stérile.

– Dans le genre maso, c'est une sévère, pas vrai ?

– Jusqu'au jour où j'ai revu Nilita, ma copine indienne que j'avais rencontrée à la fac. J'étais tellement grosse qu'elle a cru que j'étais enceinte.

– Oh !... Si elle nous offrait un petit verre ? »

41

Devant deux verres de blanc, la Mêle-Brin demande la suite :

« Nilita m'a convaincue de venir à son groupe de discussions sur les femmes. J'ai vite perdu mes kilos. Kate Millett et les féministes américaines, nos idoles de l'époque, ne faisaient pas dans la dentelle. Leurs analyses transperçaient jusqu'à l'os. Elles avaient raison. Au lit, à la maison, dans la rue, au travail, dans les syndicats, en politique, et aussi loin qu'on remonte dans le temps, les femmes sont perdantes.

– Elles sont les dindes de la farce, c'est bien connu. Mais peut-être qu'elles aiment ça.

– Ça va pas ? Non, elles n'aiment pas *ça* ! Elles en avaient bavé et elles allaient changer *ça* ! Le patriarcat, les maternités non voulues, tout *ça* allait valdinguer ! Les lois de la nature, c'était fini ! C'est nous, pas elles, qui déciderions ce qu'on fait de nos vies...

– Ben dites donc !

– Dans notre groupe, beaucoup avaient avorté. On s'était débarrassé d'eux dans des latrines, des poubelles, des caniveaux, on avait abandonné leurs dépouilles dans les pires endroits, on avait du mal à oublier. Certaines affirmaient que leur enfant n'était pas *vraiment* mort. Elles parlaient de leurs apparitions, de leur présence. Nilita et moi, on était curieuses. On s'est rapprochées d'elles. Et très vite, nous aussi, on a donné un visage, des habits, une manière toute particulière de boire, de sourire, de pleurer, à nos fantômes. On a formé un petit groupe secret, on se retrouvait parfois pour prendre soin d'eux, les bercer.

– Et ça se dit féministes ! C'est pas croyable !

– Mais ces moments-là nous rendaient plus fortes ! Plus que jamais on était mobilisées ! On s'est même fait un serment de gueuses, vous savez, on se taillade les poignets, on mêle son sang à celui des autres. On s'est juré que jamais, plus jamais, les femmes se feraient avorter par des faiseurs d'anges, massacrer par des tricoteuses...

– Tchin !

– Nous n'étions pas les seules, vous savez... Mais le monde, le monde en général, s'en foutait. Les femmes friquées se faisaient avorter à l'étranger, les autres se faisaient trafiquer et ne trouvaient pas de clinique pour leur curetage. Enfin, il y a eu un projet de loi. Seules les femmes violées pouvaient, sans risques de poursuites, être avortées ! On en pleurait. De " la couille de mites ", aurait dit Maria, vous vous souvenez d'elle, la sage-femme en chef de la maternité de la Salpêtrière ?

– Vaguement ! Très vaguement...

– Peu importe. Même cette loi n'est pas passée ! Pas question de soulager a minima la détresse des femmes. Pour bouleverser les esprits, il fallait quelque chose d'inouï, de choquant, il fallait une bombe. Elle éclate en 71, lorsque *L'Observateur* publie le *Manifeste des 343 salopes* qui déclarent avoir avorté. Enfin ! La presse, la radio, tout le monde ne parlait que de ça... Et le 20 novembre, c'est la Marche des femmes, un raz-de-marée. Paris n'avait pas connu de telle manifestation depuis les années 30.

– Rien vu de tout ça en Picardie, marmonne la Mêle-Brin. Et alors ? Ça a donné quoi, cette manifestation ?

– Rien, rien de concret, il a fallu autre chose encore. »

42

« Vous vous souvenez du procès de Bobigny ?

– Vaguement, oui.

– Vous voulez savoir ? »

La Mêle-Brin cligne des yeux. Bon, se dit Jeanne.

« En 71, toujours en 71, Marie-France Chevalier a seize ans. Sa mère travaille à la RATP. Elle élève seule ses trois filles. L'aînée, Marie-France, tombe amoureuse d'un copain de classe. Beau, élégant, d'un milieu plus favorisé que le sien. Il l'invite chez lui, il la viole, elle tombe enceinte.

– Bof, des histoires comme ça !

– Écoutez la suite ! Marie-France veut avorter. Sa mère trouve un gynécologue, mais il est trop cher, 4 500 francs. Elle parle à ses deux meilleures amies, qui trouvent une avorteuse. Pour 1 200 francs, elle pose une gaine électrique dans l'utérus de la jeune fille.

– C'est que ça rapportait à l'époque ! J'en connais qui se sont bien enrichis.

– Trois semaines plus tard, Marie-France est transportée d'urgence à l'hôpital, elle a une hémorragie. Sur la route du retour, elle rencontre son violeur. Elle lui raconte tout. Vous imaginez la scène, elle est épuisée, démoralisée, elle veut qu'il sache. Peut-être espère-t-elle qu'il la réconfortera ? Lui, est dans une embrouille de voiture volée, il ne sait pas comment s'en sortir, il la dénonce à la police. La police classe son dossier et ouvre celui de sa victime. Marie-France, sa mère, les deux amies et l'avorteuse tombent sous le coup de l'article 317 de la loi de 1920. »

La Mêle-Brin crache et écrase longuement, consciencieusement son mépris salivaire en disant quel sale petit con, ah, quelle ordure !

« Que faire ? Alors la mère a un coup de génie…

– C'est pas trop tôt ! C'est qu'elles sont pas marrantes, ces histoires !

– À la bibliothèque du comité d'entreprise de la RATP, elle tombe sur un livre intitulé *Djamila Boupacha*. Je vous en ai parlé, de Djamila Boupacha, la jeune Algérienne, torturée et violée avec une canette de bière par des soldats français... Vous avez oublié ? La soi-disant poseuse de bombe. Non ? Je croyais... Dans ce livre, la mère de Marie-France apprend que, à l'un des pires moments de la guerre d'Algérie, une jeune avocate prend la défense de Djamila. La majorité des Français voulaient sa peau, c'était une terroriste, non ? Mais Gisèle Halimi, l'avocate en question, gagne le procès. Alors, la mère de Marie-France se renseigne, apprend que Halimi est une militante, qu'elle a signé le *Manifeste des 343 salopes*, qu'elle préside avec Simone de Beauvoir l'association Choisir. Elle l'appelle. Celle-ci relève le défi. Dix ans après, et par le plus grand des hasards, Djamila Boupacha sort de l'ombre et sert nos luttes, c'est pas banal quand même !

– Bof, répéte la Mêle-Brin.

– Un autre verre ? » demande Jeanne.

43

Un peu vexée, Jeanne décide de s'interrompre lorsqu'elle entend les hurlements et les sanglots d'un enfant et voit sur sa gauche une femme drapée de noir, masquée de noir, gantée de noir, qui le tient dans ses bras. Il frappe à poings fermés, il martèle la poitrine du spectre et tout à coup, excédé sans doute, il le repousse, de tout son poids il se rejette en arrière, l'entraîne, le fait trébucher.

Avec un sang-froid stupéfiant, l'homme qui les accompagne, grand, jeune et en survêtement de sport, arrête la chute et s'empare de l'enfant sans ciller ; dans un silence total, le couple reprend sa marche comme si rien ne s'était passé.

L'enfant, lui, a eu très peur, Jeanne commande enfin deux autres verres.

« C'est pas malheureux quand même ! On est où ?

– À Bobigny. À l'ouverture de l'audience, le 8 novembre 1972. Les membres du tribunal étaient arrivés, les témoins aussi – Delphine Seyrig, Simone de Beauvoir, Jacques Monod, Jean Rostand, Michel Rocard, Aimé Césaire... Et Paul Milliez, le professeur de médecine anti-avortement...

– Que du beau linge, hein ?

– Ce jour-là, il a pris le parti des victimes ! Imaginez la bombe, lorsqu'il a déclaré à la barre : "Si madame Chevalier était venue me trouver, je l'aurais sûrement aidée." Vous savez, rien n'était gagné. D'un côté, au banc des accusées, quatre femmes, la mère, ses deux amies et l'avorteuse ; de l'autre, que des hommes ! Bien astiqués, drapés dans leur dignité naturelle d'hommes, vous voyez, et dépositaires de l'autorité sacrée des juges. La plupart, comme Milliez, étaient catholiques, opposés à l'avortement et convaincus que l'avocate allait au casse-pipe. Mais elle renverse la table. "Combien de temps encore oserez-vous appliquer la loi aux femmes des milieux populaires, alors que vos épouses et vos maîtresses se font avorter sans craindre ni de mourir, ni d'être condamnées ?" leur demande-t-elle. Les coupables, c'étaient eux. C'étaient l'État, la justice et la cour.

« Nous étions des centaines à piétiner dehors. Le procès était public, mais la salle était petite, et quand la nouvelle du verdict nous est parvenue, des peines et des amendes ridicules et avec sursis, un silence extraordinaire nous est tombé dessus. L'émotion était à son comble. Puis ce fut l'explosion, on a fêté ça jusqu'au petit matin.

– Je vois, dit la Mêle-Brin en regardant ailleurs. Et alors ? »

44

Jeanne suffoque, la Mêle-Brin n'a rien compris. Si elle, Jeanne, s'étend sur le procès de Bobigny, c'est qu'elle craignait que les accusées soient lourdement punies. C'est que cette justice moyenâgeuse, pathétique, la rendait folle de rage. C'est aussi que cette Marie-France Chevalier, qui espérait en revoyant son violeur qu'il prendrait pitié d'elle, qu'il l'aimerait peut-être, alors qu'il ne l'avait jamais aimée, la bouleversait.

« À la fin de sa plaidoirie, Halimi a prédit que la législation ferait le reste, reprend Jeanne après un long silence.

– Elle a dit ça ! Elle doutait pas d'elle, la Halimi ! s'écrie avec enthousiasme la Mêle-Brin, qui comprend enfin que, pour connaître la suite, c'est le prix à payer.

– Il a fallu attendre deux ans, deux ans c'est long, avec son lot d'avortements sauvages, pour que sa prédiction s'accomplisse, pour que Giscard d'Estaing demande enfin à Simone Veil d'élaborer sa fameuse loi légalisant l'avortement. Les injures, les menaces qu'elle a reçues donnent encore la chair de poule…

– Elle a été courageuse, ça oui. C'est après que ça s'est gâté, avec Chirac et compagnie, répond la Mêle-Brin résignée.

– Dans son discours à l'Assemblée du 26 novembre 1974, Simone Veil a eu des mots très graves, et justes. Je m'en souviens, je les sais par cœur : "L'avortement doit rester l'exception, l'ultime recours pour des situations sans issue… Aucune femme ne recourt de gaieté de cœur à l'avortement… C'est toujours un drame et cela restera un drame."

– Ça, c'était pour séduire les anti-avortement, les serrés du cul, les cathos, mis à part votre professeur… Parce que nous, ici, on était soulagées d'avorter et de s'en tirer vivantes. On tournait la page, fissa fissa, comme on dit en Algérie et maintenant chez nous. On dramatisait pas.

– Mais on n'avait pas le choix, qu'est-ce que vous racontez ? On pouvait pas dramatiser, comme vous dites. On pouvait pas en parler, c'est pas du tout pareil. C'est pour ça qu'on avait l'air d'oublier. Que tout le monde a cru qu'on avait oublié, puisque ça n'existait pas… Mais moi, Nilita, les copines, on n'oublie pas. »

45

« On se calme. Et après tout ça, qu'est-ce qu'elle a fait ?

– J'ai continué à militer tout en faisant quelques petits jobs, puis j'ai trouvé un poste formidable. Dans un centre de documentation, il venait d'être créé, sur le féminisme en France. Et ailleurs.

– Et après ?

– En 1979, j'ai rencontré Reda Selmane. Il est juriste. Algérien exilé en France.

– Sans blague ! Fissa fissa !!! J'avais comme un pressentiment, vous avez vu ? Allez, on va fêter ça, encore un petit verre ! Un rosé cette fois ! »

La Mêle-Brin semble tout émoustillée, elle est tout ouïe, ses yeux s'allument comme des braseros.

Jeanne ferme les siens et la déçoit énormément lorsqu'elle dit, d'une voix lente et presque inaudible, que, pour la première fois de son existence, elle vit avec un homme pour qui elle ressent de la dévotion.

«J'aime pas ce mot, remarquez…

– Moi non plus, dites donc !

– J'en ai pas d'autres.

– Ah !

– Comment vous expliquer ? Tout a de l'importance pour lui. Même pour une petite tasse ébréchée, il a de l'amitié et, si je la casse, c'est lui qui me console.

– Doux Jésus ! »

Jeanne n'entend pas, poursuit ses confidences :

« Un matin, au petit déjeuner, il a posé ses mains sur mon visage, il m'a regardée comme s'il ne m'avait jamais ou toujours vue, il a dit Jeanne, si on faisait un enfant ?

« J'ai avoué.

« J'ai dit que j'étais stérile.

« Reda me rassurait, il répétait, ça n'a pas d'importance, je savais qu'il mentait.

« Il n'a plus de famille !

« Je me suis effondrée et mon enfant, le petit dieu bleu de mon cauchemar, mon revenant, vous savez …

– Qui c'est, celui-là ? J'ai oublié ! » coupe la Mêle-Brin excédée.

Jeanne lève alors ses yeux vers le ciel, tout bleu lui aussi, les pétales de prunus voltigent, elle se roule une cigarette, résolue à écourter.

« En 1982, les journaux ont annoncé la naissance d'Amandine. Reda et moi, on a tout de suite appelé l'hôpital Antoine-Béclère de Clamart. On a pris rendez-vous avec le professeur Barru... Il hésitait. "Vous avez trente-six ans, madame, c'est tard !" Mais on est parvenus à le convaincre.

– Fin du petit roman ?

– Oui. Nous avons un enfant. Un garçon.

– Comment s'appelle-t-il ?

– Il s'appelle Iskander. Le compte est bon, j'ai eu trois chances.

– 1975-1982. Ben dites donc ! Droit à l'avortement et, sept ans plus tard, bébés-éprouvette ! Quel raccourci, quel exploit ! » s'emporte la Mêle-Brin.

Elle ajoute en se levant de table :

« Qu'est-ce qu'elle fait, Jeanne, cet été ? Moi je prends mes vacances au jardincour. »

Seconde partie

Jeanne et Reda

1

Un jour de juin 1979, l'association fondée par Reda célèbre les femmes du quartier. Elles se sont rencontrées au cours d'ateliers hebdomadaires, dans le préau d'école où se tient leur fête de fin d'année. Il est 13 heures, elles ne devraient pas tarder à prendre la parole.

Jeanne a pris connaissance de l'événement à travers le centre de documentation où elle travaille. Serge Tobi, vétéran des assos et bonnet vissé sur la tête, l'accueille à l'entrée ; ils bavardent quelques minutes ; il est débordé, s'en excuse, et l'invite à boire un verre avec toute l'équipe après la fête.

« Pour le moment, il faut patienter, ajoute-t-il. Comme d'habitude, les Africaines et Reda Selmane, notre boss, celui qui fait le discours de bienvenue, ne sont pas arrivés. Installez-vous, ça ne devrait pas tarder. »

Jeanne choisit de s'asseoir au fond du parterre de chaises qui fait face à l'estrade, afin d'embrasser la grande salle du regard. Un groupe d'Indiennes aux cheveux lissés, huilés, parfois éclairés de guirlandes de fleurs fraîches et aux saris soigneusement drapés, papotent debout près d'une grande table où elles ont déposé leurs plats de samosas et d'idlis au sambar ; leurs mets côtoient des pyramides de pâtisseries au miel que Jeanne aperçoit plus loin, derrière les silhouettes des femmes maghrébines qui parlent à voix basse elles aussi, et dont les plus âgées portent des abayas, leurs cheveux recouverts d'un foulard.

Arrivent les Africaines : avec leurs longues tuniques, leurs robes volantées et marquées à la taille, leurs décolletés magnifiques, leurs turbans spectaculaires et, souvent, « un enfant au dos », serré dans un pagne, on ne voit plus qu'elles, on n'entend plus qu'elles. Leurs salamalecs aussi longs que sonores, leurs éclats de rire recouvrent même les cris des enfants, si bien qu'Indiennes et Maghrébines sortent de leur réserve et haussent la voix. Les nouvelles arrivées se rapprochent de la table, où elles déchargent leurs marmites remplies de pastels au poisson et de sauces diverses. Serge demande à l'assemblée de prendre place. Le brouhaha s'amplifie encore avec le bruit des chaises et les enfants qui se sauvent comme une volée de moineaux pour échapper au supplice qui s'annonce. Enfin, Reda paraît, prend le micro ; rapidement, le silence s'installe.

Jeanne a un choc.

Il est beau comme l'émir Abdelkader, se souvient-elle.

La barbe en moins ! rectifie-t-elle en se moquant.

Pourquoi est-il si beau ?

Elle aurait fait fausse route si elle s'était prise à détailler le visage de Reda : avec ses petites lunettes rondes, ses cheveux noirs coupés ras et son teint mat privé de soleil, il ressemble à n'importe quel intellectuel parisien « issu de l'immigration ». Mais elle n'en a pas le temps, car il prend tout de suite la parole et ce qui la chavire, c'est l'énergie et la candeur avec lesquelles il parle à son public, ainsi que sa voix légèrement enrouée et ses « r » roulés.

2

« MESDAMES, merci d'être venues. Merci pour votre élégance (rires), merci d'avoir cuisiné pour nous tous. Vos plats, vos gâteaux embaument notre préau, vous en avez fait un palais des Mille et Une Nuits… Tant pis pour mes Petits Lu (rires) ! Shéhérazade, notre association, toute notre équipe, vous doivent beaucoup. Elles vous doivent tout, je devrais dire. Notre fête couronne votre confiance et votre persévérance.

« Mais avant que vous ne preniez la parole, laissez-moi évoquer la reine Shéhérazade. Je vous en ai parlé déjà. Vous savez qu'elle est née il y a très longtemps en Perse. Comme vous, elle a migré, en Orient, en Europe, en Afrique. Vous savez aussi pourquoi elle est célèbre. C'est que son endurance, son intelligence, son imagination, sa ruse l'emportent sur la force brutale et l'ignorance.

« Cette année, comme les précédentes, nous nous sommes inspirés d'elle pour vaincre ce qui fait obstacle à une bonne vie. »

Reda se tait, visiblement ému, sa voix se casse pour dire : « Tout le monde mérite une bonne vie. »

L'assemblée se lève alors d'un seul mouvement et c'est après des applaudissements scandés comme des tambours, qu'il peut ajouter :

« Bravo d'avoir fait ce pari, d'avoir surmonté tant d'épreuves... À votre tour maintenant d'avoir la gorge serrée. »

Il passe alors rapidement sa main à plat devant son cou, fait mine de le trancher, et tout le monde rit encore.

Sauf Jeanne.

Ce geste qui évoque une décapitation la met mal à l'aise, mais, dans le tourbillon de bonnes paroles, d'optimisme, de ferveur contagieuse pour « la bonne vie », elle retrouve ses esprits, d'autant qu'une première oratrice s'avance sur l'estrade, se présente, raconte son exil, son parcours, sa vie, et captive l'auditoire. D'autres suivent.

Jeanne s'indigne, elle ne s'y habitue pas, en voyant les sandales fatiguées et, souvent, les pieds crevassés, prématurément vieillis, de la plupart d'entre elles, même les mieux vêtues. Elle s'inquiète lorsque l'une d'elles perd le fil de son histoire, et la soutient ardemment pour qu'elle le retrouve. En vérité, toutes vont jusqu'au bout. Les cris, les cavalcades des enfants ne les gênent pas le moins du monde. Elles rient et font rire ; elles pleurent parfois, mais se reprennent vite, toutes sont des mères courage.

Chacune est longtemps, bruyamment applaudie et, souvent, bouleversée peut-être d'avoir vaincu son trac, sa « honte », comme certaines appellent leur timidité, l'oratrice s'applaudit elle-même, n'en finit pas de s'applaudir.

La dernière d'entre elles vient de poser son micro.

C'est fini.

Tout le monde s'embrasse, se congratule, grignote sans entrain les Petits Lu apportés par Reda, boit de la citronnade, de l'orgeat, du jus de gingembre frais, il fait très chaud.

On n'entend plus les enfants, qui dévorent leurs pains au lait accompagnés de carrés de chocolat.

3

Étourdie, songeuse, Jeanne reste vissée sur sa chaise. Elle ne voit pas Reda zigzaguer dans la salle et s'approcher d'elle et, lorsqu'il penche son visage en prononçant son nom, qu'elle lève brusquement le sien et que leurs regards se rencontrent, elle rougit comme une ado ; il se recule, troublé lui aussi.

Ils feignent d'ignorer cet instant, mais sa trace forme une sorte de halo qui les protège, puisque personne ne les approche aussi longtemps qu'il lui parle, se réjouit de cette fête et jette des passerelles entre Shéhérazade et le centre de Jeanne : ses collaborateurs, lui-même, pourraient y venir, découvrir d'autres combats, peut-être même retrouver du courage, il nous quitte parfois... « On se revoit tout à l'heure ? » ajoute-t-il.

Tout le monde est attablé maintenant pour parler de l'événement et partager les plats. Jeanne s'assoit à côté d'un petit groupe de femmes tamoules. Reda et ses complices vont d'un groupe à l'autre prendre des nouvelles, faire un dernier point sur les demandes de droits de séjour, d'asile, d'accès au logement, expliquer comment inscrire les enfants à l'école, donner les adresses des services d'hôpitaux où ces femmes pourront sans disgrâce se faire soigner, accoucher, avorter. L'équipe tente aussi de les convaincre de faire venir à la rentrée leurs maris, leurs frères et leurs fils. Au fil des conversations, boubous, abayas et saris se mêlent.

Puis Reda donne le signal du départ.

« Mesdames ! Les enfants ! Vous avez été fantastiques. Notre fête a été magnifique. Nous ne l'oublierons jamais. Merci à toutes.

« Dans quelques mois, en septembre, nous allons nous retrouver. Notez bien la date, nos ateliers recommencent lundi 16 septembre.

« Les enfants, soyez sages ! Mesdames, n'hésitez pas, vous avez nos téléphones.

« À bientôt. Et merci, merci encore. »

On entend des youyous, elles n'en finissent pas de partir.

4

Serge Tobi est venu chercher Jeanne pour qu'elle se joigne à leur petite bande. Il s'assied près d'elle, sur la banquette en moleskine rouge d'un café, leur QG, où le patron débouche comme d'habitude une bouteille de rosé bien frais. Ils plaisantent, font des projets fous et bien sûr parlent politique. Jeanne raconte qu'elle a fait connaissance de femmes tamoules qui se préparent à pèleriner à Lourdes.

«Je trouve ça épatant, dit Serge, et je serais le plus heureux du monde si les musulmanes de notre ONG partaient avec elles.

– Vous avez vu les nouvelles converties ? dit une de ses collègues. Ce voile qui comprime tout ! Bientôt, elles n'auront plus le droit de sortir, elles ne viendront plus. La révolution iranienne arrive chez nous, personne n'a l'air de s'en rendre compte.

– C'est une catastrophe, dit Reda.

– Comment faire ? interroge une autre militante.

– On les aura !» répond Serge, qui lève le poing en chantant sans trop y croire les premières mesures de *L'Internationale*.

Et la conversation reprend de plus belle.

« Pourquoi attachez-vous tant d'importance aux récits de vie ?» demande Jeanne. Serge répond qu'ils n'ont pas les moyens de faire venir des psys. « Tout le monde a une vie, enchaîne Reda. Dans nos ateliers, on apprend à se parler, à partager, la confiance s'installe, on se raconte.»

Jeanne n'a jamais vu d'homme aussi beau et aussi pudique.

Il lui vient à l'idée qu'il parle aux femmes comme s'il parlait à sa mère.

Tout à coup, elle se sent vide, elle a besoin d'être seule, elle se lève, prétend qu'elle est attendue et salue la compagnie.

5

QUELQUES JOURS plus tard, en fin d'après-midi, Reda vient à l'improviste cogner à la porte de son bureau.

Il porte la même veste Mao bleu délavé et elle reconnaît cette candeur, cette ingénuité qui l'avait tant émue. Elle en perd le nord et l'accueille mal. Mais, au bout de quelque temps, elle accepte de venir boire un verre chez lui.

Ils s'installent dans son bureau encombré de livres et de dossiers, il l'invite à s'asseoir sur un petit fauteuil chromé recouvert de skaï noir, tandis que lui s'installe sur un grand fauteuil en bois. Il leur sert un whisky, à l'époque le Chivas Regal est ce qu'on faisait de mieux, bien tassé.

Ils parlent boutique, comme si le regard flamboyant qu'ils avaient échangé lors de la fête de fin d'année n'avait pas existé.

« Vous m'avez dit que n'importe qui peut venir à votre centre, c'est sérieux ? demande Reda.

– Mais oui, c'est une sorte de bibliothèque municipale... La salle de lecture n'est pas très grande, mais les féminismes n'attirent pas des foules. Il y a toujours de la place.

« Alors, vous viendrez ?

– Bien sûr ! Et qu'y faites-vous ?

– Un peu de tout. On est trois. Moi, je m'occupe de la documentation et, dans ce qui reste de temps, je fais des enquêtes. Du terrain, comme on dit. C'est la raison pour laquelle je suis venue à Shéhérazade, et merci encore de m'avoir invitée, ma rencontre avec les femmes tamoules était formidable. Elles ont enduré la guerre, l'exil, les familles séparées, une mère en Allemagne, un frère à l'autre bout du monde, et pourtant, elles sont d'une gaieté extraordinaire. Ce sont elles qui partent bientôt à Lourdes. Vous savez, on pèlerine beaucoup en Inde. Elles vont rapporter de l'eau bénite qu'elles installeront aux pieds de leurs dieux. Et elles sont tellement excitées à l'idée de faire de nouvelles connaissances, de voir du pays ! C'est un bel exemple d'acculturation. »

Reda regarde Jeanne d'une curieuse manière, comme s'il ne comprenait pas.

« On appelle ça comme ça, ici. Vous ne saviez pas ? »

Reda sait, bien sûr !

«Comment se sentir chez soi quand on vient d'ailleurs ?» répond-il lentement, le temps pour Jeanne de s'apercevoir de sa bévue.

«Personne n'imagine à quel point la France et l'Occident sont haïs dans les ghettos, les milieux confinés de nos quartiers ! dit-il au bout de quelques secondes. La plupart des associations de quartier sont centrées sur un seul pays ou une seule religion. C'est une catastrophe. Les gens s'isolent, se replient sur eux-mêmes, sur leur communauté d'origine. À Shéhérazade, nous avons fait le pari contraire, nous sommes convaincus que c'est le plus sûr chemin vers l'intégration, mais la concurence est féroce... Est-ce que vos femmes tamoules vous ont dit que c'est chez nous, à Shéhérazade, qu'elles ont découvert Lourdes ? J'ai assisté, de loin, à leurs rencontres avec les catholiques de l'asso. Mais, dites-moi, où en est le féminisme ?»

6

« C'EST UN PEU LONG à expliquer ! Je vais vous dire où j'en suis, ce sera plus simple. Il y a quelques années, je militais pour l'avortement, la contraception, les droits des femmes à disposer de leur corps, on disait comme ça à l'époque. À peu près au même moment, des gynécologues, des médecins, se sont intéressés à la stérilité, certains ont constitué des banques de sperme et ont inséminé des femmes dont le mari était stérile. D'autres, comme le docteur Sacha Geller, ont fait la promotion de la grossesse pour autrui, la GPA. Puis, il y a tout juste un an, en Angleterre, naissait Louise Brown, le premier bébé-éprouvette. C'est la mère qui était stérile. Vous vous rappelez ? Un cataclysme ! Bref. Jusqu'au passage de la loi Veil, notre groupe était soudé, très soudé. Mais, avec ce premier bébé-éprouvette, il a explosé. Pour certaines, cette avancée spectaculaire était une aubaine ; pour d'autres, un danger, peut-être même un désastre...

« Est-ce que je vous ennuie ?

– Non, bien sûr que non !

– Pour ma part, je comprends que l'on désire un enfant, mais pas à n'importe quel prix. Les mères porteuses, par exemple, qu'est-ce que vous en pensez ? »

En posant cette question, Jeanne a le sentiment de s'égarer, mais comme Reda ne lui répond pas et lui décoche un sourire irrésistible, elle poursuit sur sa lancée :

« À peu près à la même époque, une de mes copines lesbiennes m'a déclaré qu'elle était soulagée de s'être débarrassée de son appareil génital.

– Vous plaisantez ?

– Pas du tout. J'ai cru m'évanouir. Elle m'a dit que, comme ça, "elle échappait à son destin de femme" ! Là, j'en ai eu vraiment marre du féminisme lesbien et du féminisme occidental de la sexualité et de la reproduction. Aujourd'hui, ce qui me passionne, c'est l'éducation des enfants et les droits politiques des mères. C'est pour ça que je suis venue à votre fête. Voilà où j'en suis. »

Encore plus embarrassée d'avoir dévoilé cet épisode très intime de la vie de son amie lesbienne, après avoir demandé, à ce Reda qu'elle connaît à peine, qu'il se prononce sur la GPA, Jeanne décide de ne plus parler du féminisme.

7

Se penchant vers elle, lui effleurant les mains, Reda déclare qu'il est solidaire de ses choix.

Comme elles sont douces, constate Jeanne.

Ils parlent encore, comme si de rien n'était.

Puis, brusquement, ils se taisent, ils n'ont plus rien à se dire, enfin, rien qui relève de la conversation.

C'est lui qui brise le silence.

« Jeanne, dites-moi, vous avez remarqué ? J'adore les Petits Lu, et tout le monde prétend les aimer !

« Ma victoire, c'est ça. »

Il éclate de rire, et sans transition, se met à chanter.

Il chante dans sa langue, bien sûr elle n'y comprend rien, mais peu à peu ses chansons vont se loger au plus profond, dans ses ténèbres les plus secrètes, et la consolent. Comme s'il chantait pour réparer son corps amputé.

Sans cesser de chanter, Reda s'approche d'elle, se penche vers elle, l'invite à se lever, la prend dans ses bras, ils dansent, dansent-ils ?

Il l'emmène dans la chambre.

8

Cette nuit-là est un baume, une renaissance. La fin et le début de quelque chose. Ils ne font pas exception, chacun d'eux dispose de deux chemins : celui de l'esprit, du rêve, de la parole, et celui de la chair, du corps et des sens. La surprise vient de ce que chacun résonne avec l'autre. La partition est parfaite, avec ses ajouts progressifs, ses combinaisons nouvelles, de mots, de baisers, de caresses, de rires, de plis, de déplis et de replis, de sucs et de sueurs, d'odeurs étourdissantes, de silence et d'inertie.

Jeanne découvre la lenteur, le feu de la lenteur, le suspens de la lenteur. « Comment te connaître si je ne connais pas chaque millimètre carré de ta peau, de ton enveloppe ? » lui chuchote Reda. Et voilà maintenant que sa bouche s'attarde sur la cicatrice, le mince bourrelet, qui traverse le bas du ventre de Jeanne et qui lui vient de la Salpêtrière. Comme s'il aimait tout d'elle.

Au petit matin, le jour se lève, ils marchent, ils courent presque, jusqu'à la Seine, pour contempler l'immense masse d'eau couler vers la mer. Comme elle, ils sont happés par quelque chose qui les dépasse. La Seine est la preuve, le témoin, la promesse de la splendeur du présent, comme l'est l'astre rouge qu'ils imaginent là-bas, éclairant peu à peu le rivage, faisant étinceler le sable.

9

Très rapidement, Jeanne déménage dans le 18e, chez Reda.

C'est un grand appartement : quand on entre, sur la gauche, on découvre une petite cuisine et, devant, un long couloir. Il dessert à droite un salon-salle à manger et le bureau de Reda, et à gauche, deux chambres, la sienne, qui deviendra la leur, et celle des hôtes de passage, qui deviendra aussi celle de Jeanne. L'exposition est triple, si bien que cet appartement fait de bric et de broc, mais qui compte neuf fenêtres, y compris dans la salle de bains, dont la porte ferme le long couloir, est constamment baigné de lumière. C'est là qu'ils se découvrent le même penchant pour une vie plutôt sobre.

Leur métier ne rapporte pas beaucoup, mais c'est plus qu'un métier, c'est une passion et un engagement. Dans le dédale des lois et des réglementations administratives, Reda, qui travaille en qualité de juriste pour l'Ofpra, l'Office français de protection des réfugiés et apatrides, s'emploie à trouver des solutions pour ses protégées et d'autres, tandis que l'univers de Jeanne, fait de livres et d'enquêtes, échappe aux urgences du présent : cependant, tous deux veulent, en quelque sorte, changer le monde, leurs combats se rejoignent, ils les affûtent ensemble.

Ils aiment chèrement leurs copains, leurs complices, et une fois par semaine, le vendredi, ils font table ouverte. Nilita et Serge, leurs amis de cœur, font partie des fidèles. Ces soirs-là, Reda mijote les plats du bled et ceux que lui inspirent les femmes de Shéhérazade.

Ils sont fous de cinéma, ils y vont au moins deux fois par semaine, et ils écoutent souvent, particulièrement le soir dans la cuisine, les vinyles de Reda.

Enfin, explorer la surface respective de leur peau leur prend un temps de dingue.

Le présent les absorbe et les comble. Ils lui consacrent tout. Trois années passent ainsi, dans l'appartement que loue Reda dans son 18e. Jusqu'au jour où il prend le visage de Jeanne dans ses mains : « Si on faisait un enfant ? »

10

C'EST AU FIL d'occasions fortuites, une silhouette, un timbre de voix, une rue, une odeur, un article de journal, qu'ils évoquent leur passé. D'un accord tacite, ils ne posent pas de questions, ne veulent pas peser sur l'autre.

Jeanne ne connaît que les grandes lignes de l'histoire de son amant. Un bon tiers de son existence se passe pendant la guerre, entre l'Algérie et Paris, où il organise avec d'autres la résistance des Algériens exilés ; après l'Indépendance, il revient au pays pour le reconstruire, comme tant de ses amis. Boumédiène le fait emprisonner, il s'évade, se réfugie à Tunis, où il commence des études de droit qu'il termine à Paris.

Reda lui a beaucoup appris sur l'Algérie de cette époque, Messali Hadj, les factions ennemies, les règlements de comptes, la torture, la domination progressive du FLN avec, après l'Indépendance, la prise du pouvoir par « les armées des frontières », conduites par Boumédiène. Mais comment a-t-il vécu ce drame ?

Pourquoi ne veut-il plus jamais retourner là-bas ?

Est-ce parce qu'ils étaient trois fils et que ses deux cadets, qui ont pris le maquis, ont disparu pendant la guerre ? Ou parce que sa mère est morte alors qu'il étudiait à Tunis ? Quand Jeanne, malgré le pacte implicitement instauré entre eux, s'autorise à poser des questions, il évoque son village, son ami le forgeron, et parle d'elle. Sa mère de miel. Sa douceur, son indulgence. Son sourire le matin, quand elle venait le réveiller. Ridée déjà, toute menue, penchée sur lui, elle chuchotait très bas des paroles de protection et soufflait très fort tout autour de son lit afin de chasser le mauvais œil. Puis elle murmurait son prénom, Reda, Reda, jusqu'à ce qu'il ouvre les yeux… Et, enfin, elle posait sur le sol, à son côté, les galettes qu'elle venait de cuire et dont l'odeur de lait et de beurre s'insinuait dans ses narines.

11

Pendant tout ce temps, tous deux sont aussi discrets l'un que l'autre sur leurs amours d'autrefois. Reda évoque une seule femme. Elle était peintre, un peu plus âgée que lui. Ils avaient vécu ensemble plusieurs années à Paris. Ils étaient très heureux, très épris l'un de l'autre, jusqu'au jour où elle était devenue jalouse, jalouse des amis, hommes et femmes, de Reda, et surtout jalouse de son travail. Elle lui reprochait d'aimer celui-ci plus qu'elle ; elle le sommait de choisir, tout en pleurant de son désir terrifiant de l'avoir pour elle seule. Cette passion morbide finit par les détruire. Devenus « l'ombre d'eux-mêmes », ils s'étaient quittés.

Jeanne n'en voulait pas du tout à Reda d'avoir été si bref, elle n'avait aucune envie de connaître le détail de sa vie sentimentale. De son côté, après qu'il lui a demandé de faire un enfant, elle parle plus librement de son histoire – le fils et le père Koupkov, son avortement, la Salpêtrière, Koios –, avec la certitude que, lui non plus, ne désire pas en connaître toutes les péripéties.

Cependant, un jour, dans « sa chambre », là où elle a installé un bureau et les objets de sa vie passée, elle lui décrit sa première rencontre avec le fils Koupkov, son amour d'adolescence : lorsqu'un immense couteau à cran d'arrêt avait traversé la salle du café où elle se tenait avec sa copine, et était venu se planter en tremblant dans le bois de la table où elles étaient assises.

« Dès ce premier instant, notre naufrage était là, en puissance, mais je n'ai rien compris, dit-elle à Reda. J'ai bu un café avec ce mec qui exhibait son adresse. Il jouait avec la mort et notre peur l'amusait. Il était très jeune, très beau, habillé tout en noir, j'étais subjuguée... Bien sûr, il m'a plaquée ! Tout comme Koios, après m'avoir sauvée de l'emprise de Koupkov. »

Raconter ce moment périlleux de son existence permet à Jeanne d'évoquer ce dont elle souffre encore. Secrètement, elle espère ainsi empêcher Reda d'en faire autant.

En revanche, elle ne lui dit pas que l'enfant dont elle a avorté lui apparaît parfois. Celui qu'elle appelle Krishna, ou le petit dieu bleu, depuis la nuit de cauchemar qui a suivi son curetage.

Ainsi, tous deux ont des secrets. Ils ne désirent pas les déloger. Eux-mêmes ne savent ni comment, ni à quel moment en parler. Pourquoi peser inutilement sur l'autre ?

12

AUTOMNE 1982. Pour la seconde fois, Jeanne et Reda sont à Clamart, au service de la procréation médicalement assistée. Le processus est enclenché, ils ont reçu un premier avis favorable ; mais cette visite n'est pas une simple répétition générale au cours de laquelle le professeur Barru confirme sa décision et la leur. Barru entre dans le vif du sujet, qu'ils tenaient jusqu'alors à distance.

« C'est une grossesse très médicalisée, leur dit-il à nouveau dans son bureau décoré de grandes cartes marines et de photos de bateaux.

« Beaucoup d'examens, de traitements, de contrôles, pas toujours agréables ! Je vous ai prévenus. Avant toute chose, nous allons vérifier votre état de santé, s'assurer qu'il est compatible avec votre projet. Si c'est le cas, et je l'espère malgré votre âge, madame Blade, malheureusement l'horloge biologique des femmes est implacable, leur taux de fertilité décroît de manière spectaculaire dès l'âge de trente ans, vous suivrez pendant une dizaine de jours un traitement hormonal qui stimulera la production des follicules. Ce n'est pas la mer à boire, mais quand même, fatigue, stress... Vous, monsieur, vous serez condamné à une abstinence sexuelle de cinq jours avant la date fixée pour votre recueil de sperme. Vous pourrez l'accompagner, dit-il en esquissant un sourire à Jeanne. Le labo fera le reste, c'est leur cuisine.»

Le professeur cale alors son visage dans ses deux mains et lève les yeux pendant un moment interminable sur la photo d'un petit yacht étincelant, chargé de passagers très chics, tous habillés en blanc, et qui font d'exubérants signes d'adieu. Puis il reprend son monologue:

«La PMA est une succession de miracles. D'abord la production d'embryons. Maintenant, c'est sous contrôle, ça se passe plutôt bien. En revanche, l'implantation, c'est une autre affaire. On ne sait toujours pas pourquoi. Il arrive que ça ne prenne pas, c'est une espèce de greffe, vous voyez. Mais quand ça prend, rassurez-vous, ça arrive, alors le troisième miracle, la grossesse, s'accomplit en général sans trop de problèmes. Bien sûr, on surveille de près.

« Le docteur Rondeau vous expliquera tout ça en détail. Donc, pas d'optimisme exagéré ni d'inquiétude inutile, c'est le moyen le plus sûr d'arriver à bon port. »

Le spécialiste revient, pour conclure, sur leur désir d'enfant, la fermeté de leur résolution, avant de se lever de son bureau pour les saluer d'une poignée de main de marin.

C'est la seconde étape de leur première épreuve commune. Ils sont anxieux mais déterminés. Cette visite les comble. Enfin, ils appartiennent à la petite flotte d'élus à la « procréation médicalement assistée » de l'hôpital Antoine-Béclère de Clamart.

Dans le train, sur la route du retour, tous deux plaisantent sur les luxueux loisirs maritimes du professeur.

13

Jusqu'au moment où la très jeune Jeanne d'autrefois, la Jeanne hyper-féconde, guettant chaque mois des règles qui ne viennent pas, surgit, affolée.

Le fils Koupkov, lui, ne s'affole pas, il va prendre une ampoule d'abortif dans la pharmacie de son père avant d'enfoncer comme un professionnel l'aiguille dans la veine de Jeanne, c'est presque une routine, tandis qu'elle se raidit, se crispe, redoute que cette dose de poison mensuelle, parfois même bimensuelle, ne soit sans effet et ne l'abîme.

Ce méchant souvenir est balayé par les propos encourageants du professeur Barru.

« Ne vous inquiétez pas, avait-il dit. Une fois les prélèvements faits, le labo fait le reste, c'est leur cuisine. »

Cet apaisement ne dure pas, car, au plus profond d'elle-même, Jeanne espère encore que tout s'arrangera. Elle tient même ce miracle pour certain, les baisers de Reda l'en ont persuadée, tout naturellement, elle va être enceinte, et cette fois, ni elle, bien évidemment, ni personne d'autre, n'y changera quelque chose. Barru a définitivement tué cette illusion ; en confiant au labo le soin de concevoir leur enfant, en laissant entendre que ce sera sans eux, en leur absence, il les a châtrés, elle en vomirait presque.

Raidie contre la banquette du train, yeux fermés, elle accuse le coup.

« Jeanne, c'est là, on descend », dit Reda

Elle croise son regard.

Lui aussi semble sous le choc.

14

Ce soir-là, ils se donnent l'un à l'autre goulûment, comme des ados qui n'en peuvent plus et se découvrent, leurs gestes volent dans tous les sens, ils ne savent plus où ils sont, qui ils sont, ce qu'ils font, ils en tombent du lit, enfin, presque, s'encastrent, s'épanchent, débordent jusqu'à épuisement, jusqu'à perdre totalement cette illusion dont ils se berçaient encore, juste avant leur rendez-vous de Clamart.

Ils étaient presque endormis dans le bain qu'ils avaient fait couler lorsque Reda fait sauter le bouchon d'une bouteille de champagne.

Assis sur le rebord de la baignoire, face à la fenêtre ouverte, ils sont passablement groggy et prétendent le contraire.

« On a brûlé tous nos vaisseaux », dit Reda d'une voix très enrouée.

Il adore cette expression, qu'il trouve très française, et qui représente pour lui non pas tant la fin d'une chose que le début d'une autre.

15

À CLAMART, malgré le stress, la lumière glauque de la pièce où ils sont enfermés, les revues pornos éparpillées sur la table et l'obligation de sonner immédiatement après l'éjaculation afin que le sperme soit rapidement acheminé au labo, Reda et Jeanne tentent de plaisanter de cette expérience érotique programmée qu'ils devront renouveler plusieurs fois, afin que la fécondation in vitro s'accomplisse.

Ils éprouveront d'autres vertiges encore.

Comme cette consultation avec le docteur Rondeau chargé de les éclairer sur les « détails ».

« Quel est le taux de réussite ? demande courageusement Reda.

– Nous n'en sommes qu'au début, répond le médecin. Il semble qu'une petite moitié des embryons soit apte à être transférée. Ensuite, il faut que le transfert réussisse. Plusieurs tentatives sont souvent nécessaires...

– Ce qui signifie ? coupe Jeanne.

– Pour pouvoir répondre aux attentes, nous produisons des embryons en surnuméraire.

– Qu'en faites-vous ? demande Reda soudain livide.

– On les congèle dans une banque de sperme. »

Après un long silence, Jeanne intervient :

« Est-ce que cette congélation a des conséquences ? »

Rondeau écarquille les yeux.

« Je veux dire, est-ce que les enfants nés d'embryons congelés sont différents des autres ? »

Son interlocuteur sourit et allume une cigarette.

« Vous pouvez fumer, dit-il. D'autres questions ?

– Vous ne m'avez pas répondu... Un singe congelé ne revit pas, alors comment ça se passe pour un embryon congelé ? »

C'est la première fois que le docteur Rondeau entend une ânerie pareille, mais il n'en laisse rien paraître.

« Pensez aux graines de blé trouvées dans les sarcophages égyptiens, elles germent à nouveau lorsqu'elles sont exposées à la lumière et abreuvées d'eau. C'est pareil. Une cellule hiberne tout en gardant ses propriétés jusqu'à ce qu'un milieu favorable les réactive. D'autres questions ? »

Rondeau ne convainc pas Jeanne, elle l'interroge alors sur les conditions du transfert d'embryon, il lui répond qu'elle recevra une anesthésie locale au bloc opératoire afin que le gynécologue dépose une goutte dans son utérus, « une goutte de quoi ? demande-t-elle.

– Il s'agit de vos embryons. On dit une goutte. Comme on parle entre nous de cuisine moléculaire pour ce qui se passe au labo », répond Rondeau.

Jeanne et Reda se souviennent que le professeur aussi avait parlé de cuisine, Rondeau poursuit :

« Chauffer, refroidir, centrifuger, aspirer, plonger dans des liquides et des gaz divers, trier, tout ça relève de l'art culinaire, vous en conviendrez. C'est le traitement réservé aux spermatozoïdes. On les veut rapides et mobiles, vous voyez ? Comme il nous faut des ovules bien mûrs pour que la fusion advienne, qu'un embryon se forme. Bien sûr, il y a de la perte, du déchet. »

Rondeau tire alors sur sa cigarette, aspire longtemps la fumée et la rejette en faisant des petits ronds.

Un long silence s'ensuit, jusqu'à ce que Reda dise d'une voix soudain très forte :

« Il n'y a pas si longtemps, la une des journaux portait sur les femmes qui avaient accouché de triplés, de quintuplés. Est-ce que nous courons ce risque ? Transférez-vous plusieurs embryons pour vous assurer du succès ? insiste-t-il sans baisser de ton.

– Rassurez-vous, monsieur Selmane, c'est fini, on y a mis bon ordre grâce à la réduction embryonnaire. La technologie s'est améliorée. »

Il éteint sa cigarette, se lève, c'est la fin de la récré.

« Eh bien, vous ai-je convaincus ? Vous voyez, on ne se substitue pas à la nature. On l'assiste. D'ailleurs, le patron ne parle jamais de transfert, mais d'implantation, comme autrefois. »

Sur le pas de la porte, il ajoute :

« Nous avons besoin de votre autorisation pour la congélation, n'oubliez pas de passer voir ma secrétaire. »

16

« ILS MENTENT TOUS, dit Jeanne à Reda dans le train du retour.

– Qui ça, ils ? demande Reda.

– Les spécialistes des femmes, les techniciens de la reproduction. Les faiseurs d'anges.

– Pauvre Rondeau ! répond Reda. C'est pareil à l'Ofpra ou à Shéhérazade. Comment expliquer les finasseries de la loi à quelqu'un qui n'y connaît rien ? En simplifiant. (Aujourd'hui on appelle ça l'asymétrie informative.) Mentir, c'est différent, c'est tromper délibérément.

– Parfois ça revient au même », répond Jeanne en frissonnant.

En dépit de la congélation et de la réduction embryonnaire, elle remettra leur vie, leur enfant, entre les mains de la science, mais Rondeau, qui en est le porte-parole, ébranle sa confiance. Il lui fait penser au psychiatre de Cronenberg dans *Chromosome 3,* qui extériorise les troubles mentaux de ses patients en couvrant leurs corps de plaies et de pustules et en faisant accoucher l'héroïne du film d'une couvée de monstres.

Elle se rapproche de Reda, reprend courage, se dit tout bas :

« Je serai docile, je suivrai le protocole, afin que le miracle s'accomplisse. Nous aurons un enfant... C'est le regret de ne plus dépendre des lois de la nature qui me donne ces sales frissons ! » ironise-t-elle.

17

Reda et Jeanne n'ont pas complétement perdu leur joie de vivre ensemble, ni leur désir de changer le monde. Ils imaginent que leur enfant va bientôt naître, ils font des plans pour aménager sa chambre, ils se voient même le bercer, le langer, jouer avec lui. Mais, au fil du temps, leur existence s'assombrit, tantôt parce qu'ils se sentent bons à rien puisqu'ils ne peuvent pas procréer, tantôt parce qu'ils pensent que ça ne marchera pas, qu'ils n'auront pas droit au «miracle» du professeur.

Au cours d'une promenade, un peu fraîche en cette fin d'été, au cimetière de Montmartre, Jeanne, prise d'une inspiration soudaine, et qui lui vient de ses lectures sur l'Inde, tente de faire diversion, d'éloigner les oiseaux de malheur qui plombent leurs vies.

«L'embryon miraculeux est le fruit d'un sacrifice. Non pas pour racheter les hommes ou plaire aux dieux, mais pour leur permettre de se reproduire», déclare-t-elle.

Reda s'immobilise, se plante devant elle, la regarde, sans comprendre.

Jeanne poursuit :

« Au labo, on élimine les spermatozoïdes qui ne sont pas assez mobiles, les ovules qui n'ont pas mûri et les embryons malformés. Ces déchets sont des victimes. L'embryon miraculeux est le fruit de leur massacre, de leur sacrifice.

– Jeanne, qu'est-ce qui t'arrive ! C'est horrible, tes histoires de massacre et de sacrifice, arrête, s'il te plaît.

– Et nous en sommes les uniques destinataires, insiste-t-elle.

– Tu déraillles, Jeanne.

– Non, absolument pas », dit-elle.

Comme ils ont froid, ils se pressent l'un contre l'autre, d'autant que les élucubrations de Jeanne ne changent rien.

Sauf leur humeur.

Ils éclatent de rire !

Ils rient comme des fous. Ils rient parce que Jeanne a bien réussi son coup, et que, en dépit de leurs peurs, l'aventure dans laquelle ils sont lancés satisfait leur plus cher désir.

18

UN JOUR DE décembre, après une longue et fatigante procession de rendez-vous médicaux et beaucoup d'absences à son centre, Jeanne peut se dire enceinte.

Reda l'est aussi.

Il aime encore plus (est-ce possible ?) les quelques millimètres de peau supplémentaires que lui vaut la grossesse de sa femme.

Pendant la période qui a précédé ce succès remarquablement rapide, et en dépit de la nuit agitée qui a suivi leur rendez-vous à Clamart, ils ont dormi souvent comme frère et sœur, redoutant l'un comme l'autre la solitude de la procréation à distance. Aussi, quand Jeanne apprend qu'elle est enceinte, c'est le nirvana.

Elle se livre sans frein à sa nouvelle plénitude. Alors qu'autrefois elle suffoquait de jalousie devant une femme enceinte qui traversait la rue, maintenant elle cherche son regard, elle lui sourit, prête à danser avec elle. Qu'il pleuve, qu'il fasse glacial ou qu'un ciel cireux bloque la lumière, elle marche comme s'il faisait un temps radieux. Paris l'exalte, la transporte. Elle ne voit pas ses papiers gras, ses crottes de chiens, ses embouteillages, ses devantures parfois sinistres, elle ne sent pas ses odeurs aigres. Le chapeau d'une femme, une silhouette qui file, un regard hésitant, et la voilà qui s'immobilise, remplie d'admiration, se posant mille questions, ébauchant une intrigue.

Un après-midi particulièrement ensoleillé lui rappelle la lumière qui l'avait accueillie quinze ans plus tôt à sa sortie de la Salpêtrière, et qui l'avait suivie jusqu'au Jardin des plantes. Devant le portail du jardin, elle avait tout à coup revu, à la manière d'un dépliant brusquement ouvert sur une série d'images presque identiques, les promenades qu'elle avait coutume de faire avec Koios. Suivant les mêmes parcours, ils se régalaient, au fil des saisons, des transformations spectaculaires des plantes et des arbres qu'ils aimaient. Chaque arbre, chaque massif de ce jardin portait encore l'empreinte de ces promenades délicieuses. Elle en avait oublié le verdict du docteur Pistoia !

Mais, le soir même, Koios la reniait, la chassait des Vinaigriers, de sa vie, refusait tout avenir avec elle. Désespérée, humiliée, rendue à son insignifiance, elle avait décidé de s'exiler.

Alors que la félicité qui lui vient de Reda est hors d'atteinte.

Les instants où ils se sont frôlés, regardés, embrassés, enlacés et tous les autres où, tout simplement, il est dans son bureau, à la cuisine, au salon, peu importe, lui reviennent en bourrasque. Là. Aimant, solide, présent.

Peut-être, même, pour toujours ?

Chaque pas dans la ville renforce la confiance qu'elle se porte.

Quant à son avortement, il occupe la niche la plus microscopique et la plus somnolente de sa mémoire.

19

La grossesse de Jeanne est suivie de très près à l'hôpital et, ce jour-là, Reda ne peut pas l'accompagner à son rendez-vous. L'attente est longue, Jeanne jette un coup d'œil sur les magazines posés sur la petite table de la salle où elle se tient. L'un d'eux, *Parents,* titre en première de couverture: «Patricia, première mère porteuse française». Évidemment, c'est un mensonge, s'agace Jeanne, cette Patricia n'est pas la première mère porteuse en France. Mais c'est la première fois qu'un journal en fait sa première de couverture.

Son rendez-vous terminé, elle repasse par la salle d'attente pour faucher le magazine.

Toute la journée, cet article la poursuit, et le soir, elle en parle à Reda.

«Tu ne devineras jamais pourquoi cette jeune femme fait la une, lui dit-elle d'une voix accusatrice et en pointant du doigt la photo de Patricia.»

Détachant chaque syllabe, elle ajoute : « C'est parce qu'elle a porté l'enfant de sa sœur aînée qui est stérile.

– Et alors ?

– Quoi, et alors ? Laisse-moi te donner le mode d'emploi, tu vas comprendre. Pour commencer, Patricia se fait implanter un embryon composé de ses ovules et des spermatozoïdes de son beau-frère. Deuxième étape : elle accouche sous X. Troisième étape, le beau-frère va à la mairie et déclare la naissance. Il devient ainsi légalement père du nouveau-né. Enfin, pour couronner le tout, l'épouse stérile entame une procédure d'adoption. C'est simple, non ? Vive la GPA pour tous, voilà ce qui m'horripile ! Qu'est-ce que t'en penses Reda ?

– Pas grand-chose », répond-il.

Jeanne se lève de la table du salon, où elle a posé le magazine. Elle se campe devant une fenêtre, croise les bras, mécontente. Elle veut sonder Reda, elle veut qu'il réagisse :

« Imaginons que tu sois stérile, toi, Reda. Et que nous voulions un enfant. Que ferais-tu ? Est-ce que par exemple tu demanderais à Serge ? Est-ce que tu accepterais que je porte un embryon dont la moitié proviendrait de ton cher ami Serge ? »

Reda est interloqué. Il n'a jamais pensé à une chose pareille. Elle poursuit :

« Cet enfant, il aurait droit à la vérité ou pas ?

– Jeanne, qu'est-ce que tu racontes ! Restons-en à ton magazine. C'est quand même préférable que le mari ne couche pas avec sa belle-sœur, non ?

– Ah ! Si on couche pas, alors, tout va bien ?

– Ce n'est pas ce que j'ai dit. Ce qui me frappe, ce que je retiens, c'est qu'il s'agit d'arrangements entre adultes consentants. C'est vieux comme le monde. Pense à Agar dans la Genèse...

– Connais pas.

– Tout le monde connaît cette histoire, Jeanne ! Sara ne pouvait pas avoir d'enfant. Pas de descendance. Alors, elle décide de donner Agar, sa servante égyptienne, à son époux Abraham, pour qu'elle leur fasse un enfant.

– "Alors, Sara donne sa servante égyptienne à son époux Abraham !" Tu t'entends, Reda ? Comme si ça coulait de source ! Aujourd'hui, ce "don", comme tu l'appelles, c'est de l'esclavage sexuel.

– Ce n'est pas ce que j'ai voulu dire, laisse-moi au moins finir cette histoire puisque tu la connais pas. Agar tombe enceinte et accouche d'un fils appelé Ismaël. C'est un des grands prophètes de l'islam, tout le monde l'honore chez nous...

– Tu m'embrouilles avec ton prophète, réponds à ma question, Reda ! Qu'est-ce que tu dirais à cet enfant ?

Sur sa filiation, ses origines...

– C'est la suite qui me choque, interrompt Reda. Sara chasse Agar et Ismaël de sa maison. Ça, c'est impardonnable. Encore que…

– Quoi, encore que ?

– Lorsqu'elle est enceinte, Agar humilie Sara.

– J'aurais fait la même chose.

– Jeanne, les arrangements de cette nature ne sont jamais simples. S'il te plaît, ne jette pas la pierre à ceux qui y recourent.

– Reda, arrête… Arrête s'il te plaît ! À force de vouloir être juste, d'être au service de l'humanité entière, tu dérailles complétement. Je te dis, moi, que ce soit Patricia ou Agar, ces arrangements me font horreur. Ils soulèvent des questions déchirantes. Dirais-tu à ton enfant qu'il n'est pas le tien, s'il était conçu avec le sperme de Serge ? Tu n'as pas répondu. Tu ne m'écoutes pas.

– Je t'ai blessée, Jeanne ?

– C'est pire. Tu ne veux pas entendre ce que je dis. »

Ce n'est qu'une escarmouche, une égratignure, mais, pour la première fois de leur vie commune, Reda et Jeanne sont désaccordés.

Imaginez une étendue d'eau immense, profonde et parfaitement lisse, un sanctuaire de beauté et de paix, brièvement agité, flétri quelques secondes à peine par un vent mauvais, avant de retrouver sa sérénité. Bien sûr, ils retrouveront leur félicité. Mais l'eau oublie. Pas eux. Pas nous.

20

Les rendez-vous médicaux, les allers et retours entre Clamart et leur appartement, la peur grandissante de ne pas conduire sa grossesse à terme, ont fatigué Jeanne.

Depuis qu'elle est en congé de maternité, pleinement rassurée et reposée, elle passe le plus clair de ses journées dans le salon aux trois fenêtres, qui donnent sur les ramures bourgeonnantes, chaque jour plus proches d'éclore, des cimes des arbres du boulevard. Là, elle tricote brassières et bonnets en lisant tantôt quelques pages d'un livre qui parle des *bhuts*, ces esprits qui hantent les vivants en Inde, tantôt un poème d'Arun Koltakar, piqué au hasard dans le recueil que Nilita lui a fait découvrir, tantôt encore en relisant certains passages du *Mahabharata*. Lorsque le jeune dieu Krishna sauve Draupadi du viol qu'elle allait subir, elle pose son ouvrage.

Un après midi, penchée vers sa cheville gauche, elle constate que sa tache brune en « forme d'escalier » est toujours visible, elle se souvient de sa mère, lui disant qu'elle était tombée dans un escalier lorsqu'elle était enceinte d'elle. Cette trace, cette envie comme on l'appelle, la rend toute chose. On s'en moquait il n'y a pas bien longtemps, alors qu'aujourd'hui on ne doute plus qu'au cours de leur grossesse les mères transmettent à leur enfant des multitudes d'informations et, sans doute aussi, des angoisses, des chagrins et d'autres mouvements de l'esprit reliés à leur passé.

Depuis qu'elle est en congé, Jeanne ressent une intimité nouvelle et délicieuse avec l'enfant qu'elle porte et avec son revenant, son fils perdu, à la peau d'un bleu profond et aux cheveux parsemés de brindilles d'or. Il lui apparaît souvent. Contrairement aux *bhuts*, il ne la tourmente pas. Assis sur ses genoux, radieux, il veille sur elle.

Une inquiétude la traverse pourtant.

Ce qu'elle connaît du passé de Reda est étrange ! Elle pense à ces moments où, avec une précision d'horloger et la conviction chevillée au corps, il lui raconte l'histoire algérienne et celle d'autres pays en guerre, ou proches de l'être, contre le colonialisme, la misère, la servitude. Mais il semble ne pas être vraiment concerné.

Il parle rarement de ses deux frères morts au combat.

Seule sa mère a le pouvoir de le faire rentrer au pays.

Ses chansons aussi, oui, ses chansons.

Sinon, Jeanne se heurte à un mur. Au fil du temps, elle a l'impression qu'il épaissit, qu'il prend de la hauteur.

Et depuis peu, Reda grince des dents, s'agite la nuit et la réveille. Or, elle ne veut qu'aucune ombre ne pèse sur la complicité qu'elle tresse entre eux tous ; elle voudrait qu'il parle vraiment de lui.

Sans se demander si cette envie grandissante ne lui vient pas des temps anciens, lorsqu'elle avait l'illusion de ne faire qu'un avec le fils Koupkov, de s'abîmer en lui ; sans cesser de penser que les apparitions de son premier enfant ne concernent qu'elle, Jeanne brûle d'accéder au passé de son amant.

21

La petite cuisine de leur appartement est une sorte de musée. On y sent la trace odorante de tous les repas qu'ils y ont préparés, on y voit les taches brunes, rouges jaunes et verdâtres des épices qui ont éclaboussé le mur autour de la cuisinière. On y trouve tout ce dont on a besoin pour manger et boire, des verres surtout, en quantité astronomique. On peut s'y asseoir serrés à quatre, et très confortablement à deux, autour d'une table dont le plateau de marbre rose est cassé à l'un des angles. C'est dans cette cuisine, autour de cette table, qu'après avoir dîné Reda et Jeanne traînent souvent, jusque très tard, en écoutant de la musique et en bavardant.

Ce soir-là, les voix d'Ella et Louis rendent grâce à la pluie qui les consigne à la maison : *Isn't This a Lovely Day...* Pendant quelques secondes, Jeanne et Reda cessent de parler pour écouter le duo formidable.

Jeanne saisit l'occasion.

Elle se lève, va et vient dans cette cuisine minuscule, virevolte avec son ventre pourtant énorme et, sans préambule, elle décrit l'exposition de photos qu'elle est allée voir, dans le sous-sol d'un grand musée national, sur les camps d'internement mis en place en Algérie.

Elle est magnifique !

Plutôt que d'écouter, Reda la regarde.

Son anxiété et son épuisement des jours où elle travaillait encore sont dissipés.

Il se réjouit qu'elle soit de nouveau resplendissante, ardente, volubile et confiante.

Isn't This a Lovely Day vient de s'arrêter, il se lève, choisit un disque de Nina Simone, le sort délicatement de sa pochette, l'installe sur l'appareil et pose l'aiguille sur *I Want a Little Sugar in my Bowl.*

Saisi par cette voix, ce désir, comme l'est Jeanne, il revient lentement à la table pour se rasseoir.

Elle tente de le ramener vers elle : « Les conditions de vie dans ces camps étaient épouvantables. On y regroupait des familles entières, enfants compris, qu'on avait arrachées à leurs villages... »

La voilà repartie !

Elle est si vivante, si belle.

Il a envie de l'embrasser, s'il pouvait la manger.

Elle a compris son regard, bien sûr.

Mais elle continue de décrire les camps, de lui dire son indignation.

Le disque s'est arrêté, Nina Simone ne chante plus.

« Jeanne !

– Viens près de moi. »

Il lui tend les bras, la caresse, elle ferme les yeux.

Le lendemain, au petit déjeuner, elle se sent des ailes et revient à la charge. Évoquant l'histoire algérienne dans le plus grand désordre, elle compte que Reda la corrigera et qu'en la corrigeant il se laissera surprendre, il parlera enfin de lui, de son expérience.

Mais il lui décoche sans répondre un de ses fameux sourires mi-figue, mi-raisin.

Piquée au vif, la curiosité de Jeanne grandit.

Quelque temps après, elle fait irruption dans son bureau et brandit sous son nez un article de journal consacré aux années Boumédiène.

Reda écarte le journal.

« Excuse-moi, Jeanne, j'ai la tête ailleurs. Je suis sur l'affaire du petit Toufik. Tu sais, le fils de Nadja...

– Le petit Toufik ?

– Il a été abattu hier par balles, rue Myrha. L'un de ses voisins était excédé par le bruit... »

Elle chancelle, part s'allonger dans sa chambre, regrette d'avoir cédé à son obsession.

22

En cette fin d'après-midi de juillet, le soleil perce dans le grand salon à travers les arbres du boulevard ; dans les interstices du feuillage et au gré de la brise, la lumière va et vient sur le plafond, éclabousse la table, recolore les tapis, s'attarde sur les linteaux de la cheminée avant de les escalader par bonds, en dansant jusqu'à la tablette, où elle s'immobilise, se recueille, semble-t-il, jusqu'à faire surgir du marbre blanc des veines invisibles.

Reda vient de rentrer de l'Ofpra, il s'est assis près de Jeanne, ses livres et ses tricots, un verre de vin à la main, dans lequel elle trempe ses lèvres.

Tous deux regardent les vagabondages du soleil ; puis il lui parle du procès de l'assassin de Toufik, du racisme et des « Arabes », comme on les appelle ici. Le monde le désole. Mais lorsqu'il s'installe pour dîner, en face de Jeanne, dans la cuisine, il se sent revigoré.

Il serait agaçant, presque indécent même que, en dehors de quelques escarmouches, ces deux-là, abusivement épris l'un de l'autre, ne traversent pas d'orage. Le voici.

Sans surprise, Jeanne met le feu aux poudres.

Elle interroge Reda sur sa guerre et sur ses frères. Elle veut savoir.

Reda l'écoute, lui répond calmement.

« Jeanne, qu'est-ce qu'il t'arrive ? Pourquoi tu reviens sans cesse à l'Algérie ces derniers temps ? Qu'est-ce que tu ne sais pas et que tu veux savoir ? Pourquoi tu insistes ? »

Ils sont face à face, il capte son regard, ne le lâche pas.

« Pourtant, je te parle souvent de l'Algérie ! Mais tu attends autre chose. Qu'est-ce que tu veux me faire dire et que je n'ai pas dit ? »

Il se passe lentement la main sur le crâne, comme pour en faire sortir ce qu'elle attend.

« Peut-être que je ne peux pas t'en dire plus, dit-il, embarrassé.

– Mais pourquoi ?

– Peut-être que je veux laisser cette guerre au fond de moi ? Peut-être que ce chaos m'est nécessaire ? »

Elle le regarde, stupéfaite.

« C'est possible, Jeanne... Il nourrit ma colère. Il me pousse à faire ce que je fais, à être ce que je suis. »

Jeanne boit les paroles de Reda, qu'il prononce avec beaucoup d'hésitation, beaucoup de peine, comme s'il accédait lui-même à quelque chose qu'il ne s'était jamais avoué et qui le surprenait. Puis, tout à coup, il se lève de table :

« Peux-tu comprendre, enfin ! » crie-t-il.

Est-ce cette prière qui le fait grandir jusqu'à occuper tout l'espace de la cuisine, jusqu'à en faire reculer, semble-t-il, même le plafond ? Est-ce le dépit de ne pas être entendu qui le précipite vers les placards pour les éventrer à coups de pied, comme un fou furieux ?

Livide de colère, il se retourne vers Jeanne :

« Ça ne te suffit pas de savoir que mes frères ont disparu, ce que ma mère a pleuré, ça ne suffit pas ! Il te faut des détails ! Tu m'insultes en voulant des détails ! Tu me tues, en voulant des détails ! »

Comme s'il voulait prouver ce qu'il dit, il se rue contre le mur, y cogne sa tête à plusieurs reprises, le sang jaillit, dégouline...

Jeanne, épouvantée, se lève, s'approche de la porte, elle devrait partir, elle devrait, absolument, partir, mais elle le regarde sans bouger.

« Que veux-tu savoir, mais que veux-tu savoir ? » lui demande-t-il encore, parcourant de long en large leur minuscule cuisine tout en essuyant le sang de son visage. « Et savoir quoi ? Je ne sais pas pourquoi, moi, ni comment, mes deux frères ont été tués... J'ai cherché sans relâche. J'ai parcouru des milliers de kilomètres, j'ai enquêté partout, au bled, à Alger, j'ai demandé, j'ai supplié, j'ai payé, pour savoir...

« La seule certitude que j'ai, c'est que vous, les Français, vous n'y êtes pour rien.

« Mes deux frères ont été liquidés par les nôtres. »

Il s'immobilise comme si la foudre l'avait frappé.

« Voilà, Jeanne. Voilà le peu que je sais. Est-ce que tu peux comprendre, enfin ! »

Il lui semble totalement irréel.

Jamais elle ne l'a soupçonné capable d'une telle violence, jamais elle ne l'a vu souffrir ainsi. Elle pense que tout ça n'est pas *vraiment* vrai et son illusion la pétrifie plus encore.

23

« Que veux-tu savoir ? répète-t-il d'un ton las en venant se rasseoir.

« Ma guerre, mon expérience ! Mais ça n'a aucun sens, Jeanne, ça n'a aucun sens, aucun intérêt. Je t'ai tout dit. Les gamins torturés, les villages enfumés, la faim, la soif, la mort, je t'ai décrit le guêpier dans lequel les Français et les nôtres se sont englués.

« Cette guerre, malgré tout ce que j'en sais, malgré tout ce que je peux en dire, résiste. J'ai beau vouloir m'en approcher, y mettre de l'ordre, la rendre intelligible.

« Est-ce que toi, tu es parfaitement au clair avec toi-même, Jeanne ? Est-ce que tu me dis tout de toi ? »

Elle baisse les yeux, pense à son enfant déguisé en dieu, qui veille si souvent sur elle.

Les yeux toujours baissés, elle vient prudemment, avec son mensonge, se rasseoir en face de Reda.

« Et si j'y parvenais, qu'est-ce qu'on ferait ? poursuit-il. On pleurerait un bon coup ensemble ? Tu me consolerais ? Mais je ne veux pas être consolé, Jeanne ! Je ne veux surtout pas qu'on me console. »

Il lui prend le visage dans ses mains, ses mains tachées de sang, et l'enserre très fort ; elle, se croit de nouveau menacée, pense qu'il pourrait la frapper, la tuer peut-être, alors que c'est finalement tout autre chose, vraiment, qui arrive. De sa voix voilée, sa voix retrouvée, Reda lui dit :

« Tu ne pourrais plus me regarder sans voir cette boue collée à moi. Tu me ménagerais. Plus jamais, je ne saurais ce que tu penses vraiment ! Et ça, ce n'est pas supportable ! »

Il a desserré ses mains autour du visage de Jeanne, c'est presque une caresse maintenant, il parle tout bas :

« Et si je parvenais à faire exploser ce chaos ? Qu'est-ce que je deviendrais ? J'ai peur d'en devenir aveugle. »

Il laisse retomber ses mains, Jeanne capitule, elle ne posera plus de questions.

« Je t'en prie, laisse-moi t'épargner, laisse-nous en dehors de cette boue. C'est mon affaire, Jeanne. »

Ses yeux fulminent, il est effrayant de nouveau. Comme un guerrier, il a fait de sa peau, dont tous les pores sont fermés, un bouclier de cuir épais, tendu à l'extrême.

24

Jeanne est assise devant les placards éventrés, la table jonchée de vaisselle sale. Reda vient de claquer la porte, il dormira ailleurs.

Plus que tout ce qui précède, ce départ l'anéantit.

Elle entoure son ventre de ses deux mains.

Comme les quatre très vieux éléphants de la mythologie indienne soutiennent la terre, elle soutient son enfant.

Mais elle ? Plus rien ne la soutient.

Elle pleure.

Reda métamorphosé en géant, en boule de nerfs, en paquets de muscles, défonce à nouveau les placards, s'ouvre le crâne, serre son visage, à elle, pour le broyer, et voilà que, comme un geyser, surgit devant elle, enfouie depuis des années, depuis leur première rencontre, la scène dans laquelle il imitait une décapitation.

« Il aurait pu me tuer ! »

Elle en perd le souffle.

« Est-ce qu'il a jamais tué ? »

De nouveau, elle se disloque, se désarticule.

Elle a froid, chaud, elle tente de retrouver de l'air.

Sa question est insensée, elle la refoule, s'empare de ce qu'elle sait de Reda avec certitude, avant cette nuit atroce. Elle se souvient de cette scène où il l'avait consolée d'avoir cassé sa tasse chérie, unique rescapée de son enfance là-bas.

Elle se souvient de la Mêle-Brin, révulsée de l'entendre dire qu'elle, Jeanne, ressentait de la « dévotion » pour lui, mais il n'existe pas d'autre mot ! Elle n'en connaît aucun autre d'aussi fort, d'aussi mystérieux, d'ailleurs, n'est-ce pas la providence qui les a réunis et elle, encore, qui veille sur eux ? N'a-t-elle pas failli virer Reda quand il est venu la surprendre à son centre ?

N'est-elle pas tombée enceinte de lui, alors qu'elle était condamnée à ne plus l'être ? Elle se revoit, courant à son côté pour rejoindre la Seine, en faire la confidente de leur première nuit. Son cœur s'épouvante.

Puis elle rouvre les yeux sur la cuisine dévastée. Sursautant au moindre bruit, guettant son retour, croyant entendre la clé dans la porte, déçue une fois encore, mais espérant toujours, elle pense maintenant à l'engagement, au dévouement, aux combats de Reda, à son indignation devant les injustices, elle se rappelle ses maux de tête spectaculaires depuis que l'islam politique a gagné la France, « c'est un saint ! », se dit-elle, et ce mot qui lui vient par surprise la ramène à ses doutes, à ses sombres pressentiments.

Un saint ?

Mais avant ?

En Algérie ?

Qui était-il ?

Comment savoir ?

Qui est le beau, le pudique, le candide Reda ?

Que répare-t-il en se donnant ainsi, en se démenant sans compter pour les autres ? Que veut-il se pardonner, se faire pardonner, en étant si clément avec eux ?

25

La terre, son enfant, bouge.

Jeanne le voit à travers son ventre.

Elle voudrait y entrer, s'y lover, dormir. Comme elle voudrait dormir !

L'esprit vide tout à coup, elle se lève ; comme une brave petite ménagère, elle ouvre le robinet pour faire la vaisselle.

L'eau coule, Jeanne la laisse couler, se déverser dans l'évier, puis se perdre.

Elle aussi coule, elle aussi est perdue, abandonnée par son père quand elle était enfant, puis par Koupkov, puis par Koios, et maintenant Reda.

Elle se lave le visage, ferme le robinet, s'appuie contre l'évier, face au désastre.

« Mais qu'est-ce qui m'a pris ? Qu'est-ce que j'ai fait ! Je l'ai traqué. Je l'ai humilié. J'ai tout bousillé. Trois années ! Presque quatre...

« Dieu, qu'est-ce que j'ai fait ! »

Elle pleure en s'acharnant sur les saletés calcinées d'une casserole, sur la graisse figée d'une autre, elle gémit en décollant de ses doigts des miettes de pain dégoûtantes, gonflées d'eau, elle hurle :

« Mais je m'en fiche, de son passé ! Je m'en fiche ! S'il savait combien je m'en fiche ! »

Elle sanglote, puis se raidit, tendue tout entière vers cette porte qui ne s'ouvre pas, priant de toutes ses forces pour le retour de Reda, jusqu'à ce qu'elle se décourage, que, de chagrin, sa tête ploie très bas, comme si plus rien ne la tenait, comme si ses muscles avaient lâché.

26

Le lendemain matin, assis au chevet de Jeanne, dans sa chambre à elle, Reda guette son réveil.

Lorsqu'elle ouvre les yeux et qu'elle le découvre, comme une cinglée, elle recouvre sa tête du drap, elle ne veut plus le voir, elle en est restée là, à ne plus vouloir le voir, elle se débat lorsqu'il cherche à la découvrir.

«Jeanne, s'il te plaît, je t'en prie... Je t'en supplie! Ne fais pas ça, Jeanne.»

Il tire le drap.

Elle résiste.

Enfin, elle le laisse faire.

Ils se regardent.

Quelque chose leur a explosé au visage, quelque chose d'irréparable s'est produit.

«Où as-tu dormi?»

En fait, Jeanne s'en contre-fiche, du lieu où il a dormi, c'est une bouée, elle en a besoin, pour ne pas lui griffer le visage, le claquer, le cogner.

« Dans l'hôtel, en bas. Je n'ai pas dormi. Je ne sais pas ce qui m'a pris, Jeanne. »

Elle lève les épaules.

« Tu me traquais. »

Elle regarde ailleurs.

« Jeanne, regarde-moi, s'il te plaît.

« Je m'en veux.

« Si tu savais comme je m'en veux. »

Elle le regarde avec pitié.

Il ne sait plus quoi dire. Il tente autre chose.

« Quelle petite mine tu as, Jeanne... Je me sens tellement coupable ! Tes yeux sont rouges ! Est-ce que je peux les embrasser ? »

Elle se recule.

« Jeanne ! Tu ne veux plus que je te touche ? Je t'en prie. »

Elle, tout à coup, désire un peu de paix, de repos, elle l'a attendu toute la nuit. Elle se laisse faire. Il l'entoure de ses bras.

« Tu es glacée... Comme tu as froid ! Viens contre moi. Est-ce que tu as besoin de quelque chose... Est-ce que tu veux boire quelque chose ? Comment tu te sens, Jeanne ? »

Elle ne répond pas.

Elle lui fait peur, il n'ose par l'interroger sur l'enfant. Il parle de sa nuit.

« J'ai revu des scènes, des moments de mon enfance que j'avais oubliés... Mais je les reconnaissais à peine. Les sons, les couleurs, tout avait changé... Bientôt, je te parlerai. Comme tu le veux, comme tu me le demandes. »

Il lui fait vraiment pitié. Il est complétement à côté de la plaque. Car ce qui la torture, c'est la porte qu'il a fait valdinguer, c'est son absence.

« Tu ne dis rien !

– Je suis épuisée.

– Mais crois-moi. Crois-moi. S'il te plaît. »

27

Ils sont anéantis.

Lui ne se reconnaît pas, il a effrayé Jeanne, alors qu'elle est si vulnérable. Il la plaint, il se maudit, il se promet, il se jure, sans trop savoir comment, d'accéder à sa demande. Il se croit au bord d'un précipice, en chute libre, tout près de la perdre, de mourir.

Elle, s'en fiche, du passé de Reda.

Elle a brisé leur pacte, elle s'est montrée insistante, indiscrète, mais elle n'en a aucun remords.

Ce qui l'obsède, c'est qu'il ne devine pas ce qui la torture : il est parti, il l'a quittée après une scène pareille.

Elle ne lui pardonne pas, jusqu'au moment où elle vacille : comment peut-elle exiger de lui qu'il n'ait aucun secret pour elle, alors qu'elle protège férocement le sien, qu'elle ne lui dit rien de son fantôme ?

Comme elle est injuste !

Il est vrai qu'un gouffre sépare le passé fossilisé de Reda et le sien, tellement présent, tellement vivant, grâce à l'enfant qu'elle porte et aux tendres apparitions de l'autre, de celui dont elle a oublié qu'elle l'avait condamné à mourir.

La déception démesurée que lui inspire Reda vient peut-être de ce qu'elle se sait coupable. Elle lui ment, elle se ment.

28

Depuis qu'il s'est vu défiguré par la colère, Reda a décidé de parler à Jeanne.

Il pense à leur enfant. Il veut aussi pouvoir lui parler vraiment de son histoire.

Leurs tacites engagements d'autrefois, protéger la vie commune, ne pas peser sur l'autre, tout ça n'a plus de sens. Lui qui s'occupe tant des autres, prend le temps de s'occuper de lui. Il revisite ce qu'il croyait si bien connaître, et lentement, le chaos s'effrite, la boue s'écoule. Contrairement à ce qu'il redoutait, il n'en a plus besoin pour être lui-même, et il ne devient pas aveugle.

Il mesure combien ses discours historiques, ses connaissances imparables, l'ont coupé de son passé. Combien il a triché avec lui.

Au fil des mois qui suivent, il parle à Jeanne.

Ma mission était d'écrire, de convaincre, de propager l'idéologie du FLN, lui rappelle-t-il. Mais il lui donne une foule de détails, sur quand, comment, lui et d'autres ont récolté des fonds, convoyé des armes, trouvé des hommes de confiance, forgé des liens d'amitié entre l'Algérie et les pays qui soutenaient leur lutte. Il lui raconte ses voyages, en Angleterre, en Allemagne, en Tunisie, en Égypte... Il fait le portrait de ses copains, des gens qu'il a croisés, admirés, haïs ; il énumère les identités qu'il a dû prendre, il décrit les appartements et les galetas qu'il a occupés, tour à tour, à Paris. Il rit en disant : « Il fallait en changer souvent pour tromper la surveillance, c'est comme ça que je suis devenu imbattable, jamais je ne me perds dans ta ville. » Il reprend un à un les conflits qui ont dressé les Algériens les uns contre les autres au fil de la guerre, entre ceux qui étaient acquis à la France, ceux qui voulaient négocier avec la France et ceux qui, comme le FLN, prônaient, quel qu'en soit le prix, un État libre, indépendant et islamique.

« Tu sais qui l'a emporté », dit-il, épouvanté par sa complicité avec les vainqueurs, bouleversé par tant de turpitudes et de sang versé.

29

Enfin ! Il n'est plus hors-champ, distant, invulnérable. Il habite son histoire. Il prend le chaos à bras-le-corps, il en traque chaque instant. Il s'accuse de s'être trahi en soutenant le FLN, sans savoir si aujourd'hui il ne referait pas la même chose ; il relie son exil à ses morts, à leurs fantômes et à cette question qu'il se pose toujours. Il se revoit abandonné par tous, ses amis, ses compagnons de route, les gens de son village, qui lui mentaient ou se taisaient, terrifiés, lorsqu'il recherchait ses frères. Il sanglote de ne pas pouvoir aller sur leurs tombes se recueillir, leur dire adieu. Il maudit son pays qui les a fait disparaître sans sépulture. Il maudit son pays de l'avoir contraint à l'exil.

Peu à peu, la cicatrice de son front s'efface et Jeanne, de son côté, oublie peu à peu la fureur dont il s'est montré capable. Cependant, tout au fond d'elle, subsiste du ressentiment. Il est parti, la laissant au milieu des décombres. Il l'a lâchée, comme les autres avant lui. Elle sait que ce rapprochement est absurde, insensé. Il n'empêche. Dans son cœur, tous les abandons se confondent, ceux qu'elle a subis, celui qu'elle a commis. C'est un seul et même chagrin. Parfois, il la dévore, la dévaste, la laisse épuisée.

30

Fin juillet, dans le bureau où ils ont tant parlé le premier soir, et où ils aiment se retrouver peut-être plus encore que dans leur petite cuisine, Reda et Jeanne bavardent à bâtons rompus. Eu égard à sa corpulence, elle est assise sur le grand, l'antique fauteuil en bois, tandis qu'il occupe le petit chromé en skaï. Ce samedi-là, tous deux se sentent rutilants comme des sous neufs et légers comme une pluie d'été.

«Jeanne, j'ai une excellente nouvelle à t'annoncer», dit Reda.

Ses yeux pétillent de plaisir.

«Tu sais que dans les pays musulmans les règles sociales, souvent même les lois, sont régies par la Sharia, le Coran et les dits du Prophète… Mais ça n'empêche pas d'être moderne et de pratiquer la PMA. À certaines conditions quand même. Elle n'est licite, *hallal* si, et seulement si, les gamètes sont issus du père et de la mère. Dans le cas contraire, les parents sont réputés adultérins, leur enfant aussi. Il est *haram* ! Maudit, en quelque sorte. Jeanne, notre enfant est *hallal* ! C'est ça, ma bonne nouvelle ! »

Reda rit alors à en avoir le hoquet. Jeanne va même chercher un verre d'eau pour qu'il boive à l'envers.

Ce n'est pas la première fois qu'elle l'entend rire ainsi, mais à cet instant, dans ce rire qui finit par l'étouffer, qui vire au malaise, Jeanne entend l'écho de ce passé, dont il ne parlait jamais. Saisie de pitié, de tendresse pour lui, elle se lève pour l'entourer de ses bras, le bercer, le cajoler, lorsque ses yeux sont attirés par un papier qui porte l'adresse de Clamart.

« Reda ! C'est la copie du questionnaire que nous a donné la secrétaire de Rondeau. Tu te souviens ? demande-t-elle d'une toute petite voix.

– Oui, je me souviens, tous les deux ans, les propriétaires d'embryons congelés...

– Tu veux pas qu'on essaie de répondre ? supplie-t-elle, comme si l'enjeu la brûlait.

– Bien sûr, dit Reda.

Il veut lui faire plaisir.

Jeanne se dégage de leur étreinte, se plante en face de lui, le questionnaire à la main :

« Première question : Souhaitez-vous procréer à nouveau ?

– Non ! dit-il après un bref silence. Le temps n'est pas réversible. Notre enfant aurait un frère conçu en même temps que lui, mais qui naîtrait des années plus tard. C'est contre-nature, impensable. C'est *haram* ! » ajoute-t-il en riant.

Ils se moquent ensemble.

« Deuxième question : Souhaitez-vous détruire vos embryons ?

– Non !

– Pourquoi les détruire ? » renchérit Jeanne.

Là aussi, ils sont d'accord.

« Troisième question : À qui désirez-vous les donner ? »

Ils décident de réfléchir.

31

LE LENDEMAIN, ils continuent de réfléchir. Le Prophète n’y est pour rien, ils optent pour la science.

Mais c’est au terme d’un autre désaccord qu’ils parviennent à ce choix.

Le questionnaire propose en effet de faire don de ses embryons à un couple infertile. Jeanne s’y refuse d’emblée. Elle est catégorique. Pour convaincre Reda, elle imagine la scène :

« Le préposé aux dons reçoit notre accord, il fait passer nos embryons dans la catégorie “embryons tiers donneurs”, exactement comme un marchand se débarrasse de ses invendus, tu imagines, Reda ?

– Pas vraiment...

– Ensuite, il consulte notre dossier, découvre qu’on est un “couple mixte”. Ça, tu connais. Il sélectionne dans sa liste d’attente un couple de “même origine”, tu connais aussi, passe un coup de fil, et roule ma poule, entretiens, examens, décongélation, transfert, etc. »

Jeanne s'interrompt, elle croit avoir convaincu Reda en l'amusant.

« Et alors ? lui dit-il, surpris par son silence.

– Quoi, alors ! Pas de présentation, aucune civilité ! Le don d'embryons est anonyme, on ne sait rien du couple donataire, ils ne savent rien de nous...

– Quelle importance ?

– Je ne parle pas de nous ! Je parle d'eux. Je ne parle pas de la sacro-sainte obligation de rendre ce qu'on a reçu, mais de la simple possibilité pour eux de pouvoir seulement dire merci, répète Jeanne en tremblant.

– Mais enfin, on peut donner sans rien en attendre. Un peu de compassion ! insiste-t-il.

– Un peu de compassion ! Mais qu'est-ce que tu crois ? Que moi, je n'ai pas de compassion pour ceux que la vie prive d'un enfant. Tu plaisantes. Après ce qu'on vient de vivre, après tous mes rendez-vous, mes allers et retours à Clamart... Sauf que, comme on dit chez toi, notre enfant est *hallal*... On ne peut pas en dire autant d'enfants nés de mères porteuses ou d'embryons issus en partie, ou entièrement, d'un don, ne me regarde pas comme ça, Reda, c'est à l'enfant que je pense. L'enfant issu de ces arrangements entre adultes, comme tu les appelles.

– Jeanne, qu'est-ce qu'il t'arrive ! Pourquoi tu t'emportes ? La science répare toutes sortes de défaillances, pourquoi la nôtre ferait exception ? Parce qu'elle est *hallal* ? Tu t'entends, Jeanne ? »

Elle entend.

Mais l'enfant qu'elle porte et le petit dieu bleu, auxquels se surimpose cet autre, plus imaginaire encore, dont elle ne serait jamais la mère, mais qui serait issu d'elle, l'oppressent davantage encore :

« Reda ! Cet enfant aurait nos gènes ! Il aurait ta bouche, il aurait ton front, il aurait mes mains, il aurait mes taches de rousseur, là derrière l'oreille, la nuit, il grincerait des dents comme toi... Tu peux l'imaginer ? Il aurait tes maux de tête...

– Pourquoi tu cries, Jeanne ?

– Toi, tu ne cries jamais », chuchote Jeanne en caricaturant son calme, comme si c'était criminel de ne jamais crier.

Reda ne voit pas combien elle est bouleversée ! Il est à mille lieues d'en soupçonner la raison.

« D'ici là je n'aurai plus de maux de tête », répond-il presque gaiement, en enchaînant sur des prévisions merveilleuses, en installant pour demain la paix au Moyen-Orient.

Quand il se tait enfin, elle revient à la charge, plus exaspérée encore :

« Notre enfant aurait quelque part un frère, une sœur… Et s'il tombait amoureux de sa sœur, dont personne ne saurait qu'elle en est une ?

– Tu sais très bien, Jeanne, que c'est un fantasme. Ça n'arrive jamais », répond Reda.

Aussi définitif et convaincu que Salomon, sauf que Salomon écoute attentivement les deux mères, les deux plaignantes, avant de rendre son jugement.

Une fois encore, Reda, déconcerté par les positions de Jeanne sur la procréation, s'éloigne d'elle en silence.

32

Dans la soirée, la colère de Jeanne retombe.

Elle entend rire Reda, ce rire qui lui a rappelé cette époque révolue où il muselait son passé, où il les en privait.

Elle l'entend, tout juste la veille, lui décrire ses deux frères, leurs jeux, leurs bagarres et comment ils marchaient pieds nus l'été à qui tiendrait le plus longtemps... Et leurs joutes de chansons ! Le premier en chantait une, le second devait répondre par une autre qui lui faisait écho. Plus le lien entre les deux était ténu, subtil à deviner, plus le vainqueur grossissait son trésor de petits cailloux.

Mais elle, Jeanne ?

Pourquoi, ce jour-là, n'a-t-elle rien dit de son secret ? Pourquoi n'a-t-elle pas enfin parlé à Reda de son petit revenant ?

C'est que, depuis la scène terrible, la moindre contrariété, le plus infime désaccord avec Reda, réveille ses terreurs ; un manteau de glace épais et sale se pose sur elle sans crier gare, l'empêche de respirer et, comme à l'instant, de parler.

33

À présent, la transformation spectaculaire du corps de Jeanne, ses essoufflements, ses vertiges parfois, bref, l'imminence de son accouchement, la mobilisent tout entière.

En août, une chaleur intense règne à Paris, elle a besoin de marcher, de grand air, de dépaysement. Ils partent à la découverte de la baie de Somme.

Le premier jour, à son rythme à elle, ils marchent sur la grève, vont et viennent à pas lents sur le sable élastique et humide. Tous deux s'offrent au ciel et au paysage saturé d'eau qui semble être son double terrestre. Dans cette baie immense, il ne reste de la mer que de larges flaques, des ruisselets paresseux, des lacs triangulaires et un étroit bandeau gris au loin.

Ils sont épatés qu'elle puisse, sur de telles distances, aller si loin, et revenir ; d'abord dispersée, furtive, çà et là, à peine quelques millimètres, voilà que, soudainement, elle s'étale, galope, prend de la hauteur, de la force, et noie tout sur son passage. Ils n'ont pas eu peur, non, mais ils ont ressenti la peur de ceux qui se sont laissé surprendre par elle, et le soulagement honteux d'en réchapper.

Le lendemain, la mer est à marée basse de nouveau et le sable étincelle. La nuit les a rajeunis, ils s'éclaboussent, croient dur comme fer que les ombres mouvantes et informes qu'ils voient au loin sont les fameux phoques de la baie, et après avoir mangé une salade de salicorne au déjeuner, ils se croient invincibles, puisque c'est ce qu'on leur a dit, là-bas, de cette herbe miraculeuse appelée « or vert ».

Au long du chemin qui les conduit à l'hôtel, ils ramassent quelques rares coquillages.

Sur la cheminée de leur chambre, Jeanne en fera un petit édifice aux reflets nacrés, aux formes ovales, rondes ou plissées ; il témoigne de sa paix retrouvée lors de ce dernier week-end à deux, durant lequel leur mélancolie, leur impatience, leur inquiétude, leur ont semblé aussi doux et inoffensifs que le sable sous leurs pieds nus.

34

Début septembre, Jeanne accouche d'un fils.

L'enfant bleu est là. Il est joyeux, il rit.

Que veut-il ? Pourquoi est-il aux portes de la vie ?

Quand elle prend Iskander dans ses bras, qu'elle l'embrasse, elle s'aperçoit qu'elle berce aussi le revenant, que l'aîné et le cadet se mêlent l'un à l'autre.

Et la voilà qui pleure et rit en même temps.

Reda les contemple en silence. Il est sonné.

Nous sommes trois, se répète-t-il, pour parvenir à croire ce qu'il voit pourtant. Un morceau de tissu fleuri lui apparaît fugitivement, il reconnaît l'une des robes de sa mère, et, pour la première fois de son existence, il la remercie de l'avoir mis au monde.

Rempli de gratitude pour Jeanne, pour le bonheur qu'offrent les premières secondes d'une nouvelle vie, il constate que décidément rien, absolument plus rien, n'est comme avant.

35

Le premier mois qui suit cette naissance, Reda n'a pas d'autre choix que de s'immiscer très progressivement dans la relation exclusive que Jeanne établit avec leur fils.

Il lui semble être un mirage. Pour s'assurer de son existence, elle ne le quitte pas du regard, se charge jalousement de tous les soins, se lève la nuit pour le toucher, le contempler, écouter sa respiration, l'embrasser avec ferveur. Sauf lorsqu'il pleure, ou toussote, elle en oublie Reda. Elle l'appelle alors au secours. Pour apaiser l'enfant et la mère, celui-ci puise dans son immense, son magnifique répertoire de chansons, jusqu'à ce qu'ils s'endorment. Il aime cette période de quasi-relégation. Il les observe, s'imprègne du lien tendre et fort qui se tisse entre sa femme et son fils, parfois il chancelle, est-ce bien à lui que tout cela arrive ?

Petit à petit, Jeanne lui cède la place, il peut changer les couches d'Iskander et le bercer.

Enfin, il devient père. Quant à elle, elle ne craint plus rien. Elle est comme un oiseau, elle chante sans raison. Jamais elle n'a ressenti autant d'insouciance.

36

Un matin d'octobre, attirée par un bruit venant du dehors, elle se lève avec précaution du grand fauteuil du bureau de Reda où elle se tient à côté d'Iskander, endormi tout près d'elle, et s'approche sur la pointe des pieds de la fenêtre.

Comme un joueur de flûte, un vent aigrelet, pétillant, frivole, toque de nouveau, s'attarde et disparaît.

Mais il revient. Rapide, taquin, il tourne autour des arbres, se faufile entre les branches, puis il se cache. Quand il réapparaît, Jeanne reconnaît son enfant, son petit dieu. Potelé et pourtant gracieux, doré et pourtant bleu-noir, il rit aux éclats... Le coeur battant, elle ne l'a pas revu depuis la naissance d'Iskander. Elle gratte légèrement le carreau avec son ongle.

« Je suis là. Regarde... Je suis là », chuchote-t-elle.

Tout de suite après, tout contre l'oreille gauche de Jeanne, Reda chuchote lui aussi :

« Jeanne ? Tu parles toute seule ? »

37

Il s'est approché sans bruit.

Les mains posées sur ses épaules, il se tient derrière elle. Lui aussi voit le vent qui agite les feuilles, les fait jouer, monter, descendre, tourbillonner, et les trajectoires rapides des oiseaux dans la lumière fraîche et nette du matin.

Jeanne lui répond joyeusement, comme une évidence, qu'il s'agit de son fils, celui de sa cicatrice, de son avortement.

Reda s'étonne.

« Mais tu ne m'en as jamais rien dit !

– Il ne m'a jamais quitté ! s'exclame-t-elle. J'aimais tellement le voir ! En secret, juste nous deux... »

Elle rit de sa bravade, avant de reprendre :

« Il me demandait : Par qui tu vas me remplacer ? Je lui répondais, personne ! Jusqu'au jour où je suis tombée enceinte. Il était radieux. Moi aussi, tu te souviens, Reda, pendant ma grossesse, comment j'étais ? Mais lui, comment expliquer sa joie ? C'est que je lui donnais un frère. L'enfant que j'attendais était son frère. »

Jeanne se tait. Une voix lui chuchote, d'accord ils sont frères, mais de pères différents. Ça te dérange pas qu'ils soient de pères différents ? Aucune importance, répond Jeanne, puisque je suis leur mère.

« Il y a autre chose, Reda. Après que tu as découché, je t'ai haï.

– Je sais.

– Il y a encore autre chose. Les *bhuts*...

– Les quoi ?

– Les fantômes indiens. Ils persécutent les vivants qui les ont maltraités, ils exigent une réparation. Lui, l'enfant bleu, n'exigeait rien, ne me persécutait pas, bien au contraire. Il irradiait... Mais ce soir-là, après ta colère, ton départ, j'ai eu peur de lui. S'il m'en voulait ? S'il était jaloux de son frère que je gardais en vie ? Si son amour n'était qu'un leurre, une mascarade ? Qu'arriverait-il ? Il se glisserait dans moi pour se venger, pour expulser son rival. À moins qu'il n'en fasse un monstre ! Ou qu'il le déchiquette, qu'il le dévore... À mon réveil, à la place de mon ventre, il y aurait un trou béant, ensanglanté, un carnage, pire que Cronenberg dans *Chromosome 3*.

– Jeanne ! Mais qu'est-ce que tu racontes !

– Pardon, pardon, Reda ! Je rigole ! En fait, je ne l'ai *jamais* eu, ce cauchemar, je viens juste de l'inventer. Comment aurais-je pu ! Jamais je n'ai douté de mon petit fantôme. C'était juste pour que tu te représentes mes peurs depuis la nuit où tu nous a laissés. »

38

Reda, qui entourait Jeanne de ses bras, se détache d'elle et bouscule ses cheveux, les met encore plus en vrac qu'ils ne le sont, et souffle dessus de toutes ses forces. Comme sa mère le faisait autrefois, pour chasser le mauvais œil. À nouveau, il s'approche de l'oreille de Jeanne, il lui dit tout bas :

« Je l'ai à peine vu ! Dis-moi. Comment est-il ?

– Il est magnifique ! répond-elle, en soupirant de plaisir. Sa peau est d'un bleu satiné et profond, ses cheveux sont clairsemés d'or, ses yeux sont vert doré... Il est beau comme un nuage sombre... Il est gai, facétieux, fidèle, infidèle, profondément bon. Il veillait sur moi pendant ma grossesse. Il était là quand j'ai accouché... Ils étaient là, ensemble. Tu me crois ?

– Tu le vois donc si souvent ! »

Inquiète, tout à coup, elle murmure :

« Pas depuis la naissance... C'est la première fois que je le revois. »

Reda serre Jeanne encore un peu plus contre lui et lui repose la même question.

«Mais pourquoi! Pourquoi tu ne m'as rien dit tout ce temps?

– Je ne voulais pas... Et puis, tu es parti»

Elle se sent légère comme une plume, il ne s'agit plus d'elle, elle-même l'affirme: «C'est pas grave, Reda! C'est du passé.»

Il frémit lorsqu'elle éclate de rire.

39

Son rire n'en finit pas de tinter longtemps après cette phrase qu'elle lui a dite. Il ferme les yeux. Il l'entend parler à la fenêtre pendant qu'il s'approche d'elle, sans bruit. Les mêmes oiseaux retraversent en criant le tumulte des feuilles multicolores; l'odeur des galettes de son enfance lui monte à la tête; Jeanne chante. Il l'aime tant qu'il doute un instant qu'elle existe, qu'elle est vraie. Une gratitude violente, sans bornes, pour la vie, sa beauté, sa fugacité, pour l'abondance de ses présents et de ses mystères, l'étreint alors si fort qu'il se sent faible, brisé, comme inondé de larmes et tout proche de mourir, mais, quand il ouvre les yeux, il est avide de vivre, il veut vivre jusqu'à la fin des temps, et au-delà. Prenant la taille de Jeanne entre ses mains, il s'éloigne de la fenêtre, et il se plante devant celle-ci. Comme s'il s'agissait d'une composition chimique sur le point d'exploser, ou d'un objet d'une fragilité extrême, il en desserre lentement, très lentement, la poignée.

L'air vif qui s'engouffre lisse leurs visages, caresse leurs âmes. La splendeur du matin les éblouit.

Elle les nargue aussi :

« C'est qu'ils en ont pris, des coups, nos amoureux de carton-pâte ! ricane-t-elle. On les reconnaît à peine avec leur mioche miraculé et après qu'ils ont déballé leur passé. Doux Jésus ! Comme ils ont changé ! »

Ils s'en moquent, ils s'en balancent.

Ils ont fait du chemin.

Le souvenir de leur premier matin les transperce quand même.

ACHEVÉ D'IMPRIMER
EN MAI 2023
SUR LES PRESSES
DE
L'IMPRIMERIE F. PAILLART
À ABBEVILLE
POUR LE COMPTE
DE SABINE WESPIESER ÉDITEUR

IMPRIMÉ EN FRANCE

NUMÉRO D'ÉDITEUR : 220
ISBN : 978-2-84805-491-9
DÉPOT LÉGAL : AOÛT 2023